AF398591

METRO.pole
Untergrundgeschichten

Monika C. Allers
Tim Cortinovis
Christoph Ernst
Klaus von Hollen
Anja M. Nuhn

Bibliografische Information Der Deutschen Bibliothek:
Die Deutsche Bibliothek verzeichnet diese Publikation in der
Deutschen Nationalbibliografie; detaillierte bibliografische Daten sind im Internet
über <http://dnb.ddb.de> abrufbar.

Herstellung und Verlag: Books on Demand GmbH, Norderstedt

Umschlagfoto und Fotos © Klaus von Hollen, Hamburg

Umschlaggestaltung, Satz und Layout: Tim Cortinovis

Kontakt: METRO.pole@cortinovis.de

ISBN: 3-8334-1736-6

Inhalt

Klaus von Hollen

Der Kontrolleur

Er wäre gerne Philipp Marlowe, so
betont unauffällig betritt er den Waggon.
Den Kragen hochgeschlagen.
Träume von Verfolgungsjagden

Mit der Linken zieht er seine Marke,
vor dem Spiegel hundertmal geübt.
Einmal nur den großen Auftritt.
Den gesuchten Terroristen greifen,
und dann in allen Zeitungen ...
Deren Leser ihn sonst nie beachten.
Haben ihr Ticket immer griffbereit.

Scheissmonatskarten!

Anja M. Nuhn
Sarahs Traummann

Die meisten Menschen haben sich damit abgefunden, dass ihr Leben in Bahnen verläuft, die sie nicht selbst bestimmen. In Sarahs Fall sind das die U2 und die U1.

Sie steigt jeden Morgen an der Haltestelle Ritterstraße in die U1, steigt Lübecker Straße in die U2 um und fährt bis zum Schlump. Nach der Arbeit wieder in die U2, dann in die U1 und zurück bis zur Ritterstraße. Jeden Werktag fährt sie diese Strecke, denn etwas anderes ist kaum sinnvoll, wenn man in Eilbek wohnt und in Eimsbüttel arbeitet. Wenn sie früh im Büro Schluss machen kann, zieht sie sich zuhause ihre Laufklamotten an, rennt von ihrer Wohnung zum Hammer Park und umrundet ein paar Mal den Ententeich.

Wenn sie Überstunden gemacht hat, fährt sie weiter bis Wandsbek Markt und trifft sich dort mit ihrer besten Freundin. Sie essen am Imbissstand an der Hauptstraße einen „Döner mit alles" und gehen dann ins Kino. Sarah mag besonders diese amerikanischen Filme, in denen jemand mutig alles erreicht, was er will. Das findet sie klasse und sie freut sich immer sehr auf solche Kinobesuche. Sarah muss niemanden anrufen und Bescheid sagen, dass sie später nach Hause kommt. Denn zu Hause ist niemand, der auf sie wartet. Das freut sie weniger.

Seit einigen Wochen hat sie eine genaue Vorstellung davon, von wem sie am Abend gern erwartet werden würde. Sie hat ihn ein paar Mal in der Kaffeeküche oder in der Kantine getroffen, aber weil Sarah zu schüchtern ist, um mit einem fremden Menschen schnell ins Gespräch zu kommen, ist ihre Konversation nicht über „Nehmen Sie auch Milch in den Kaffee?“ und „Das Schollenfilet sieht aber lecker aus.“ hinausgekommen. Sie hätte definitiv mehr Zeit gebraucht, aber viel zu schnell ist der Kaffee eingegossen oder der Fisch auf den Teller gelegt und Sarahs Traummann entfernt sich raschen Schrittes, ohne dass ihr eingefallen wäre, wie sie ihn hätte aufhalten können. Nur ein bisschen, damit er entdecken kann, dass Sarah seine Traumfrau ist.

Aber Sarah lässt sich nicht entmutigen. Sie weiß: Grundlage jedes erfolgreichen Eroberungsfeldzuges sind strategische Vorbereitung, List, Überraschung und vor allem die Wahl des richtigen Ortes! Und der richtige Ort ist schnell gefunden: die U-Bahn!

Sarahs Traummann steigt auch am Schlump ein. Allerdings steigt er in die U3. Dann fährt er vermutlich bis Hammer Kirche. Genau weiß Sarah das natürlich nicht, aber es liegt nahe, denn sie kennt seine Adresse. Und nicht nur das: Sie weiß auch, wann er Geburtstag hat, dass er in Husum geboren wurde und eine Schwester hat, die drei Jahre älter ist als er.

Sarah arbeitet in der Personalabteilung ihres Unternehmens und die Fragebögen, die jeder Mitarbeiter bei der Einstellung ausfüllen muss und die in den Personalakten aufbewahrt werden, sind wirklich äußerst aufschlussreich. Vor allem die Rubrik „Familienstand“ interessiert Sarah besonders: „ledig“, steht da.

Zugegeben, der Fragebogen ist schon fünf Jahre alt. Aber in der Personalakte werden auch Kopien aller weiteren wichtigen Schreiben an die Mitarbeiter aufbewahrt und auch nach gründlicher Suche findet Sarah kein Gratulationsschreiben zur Hochzeit oder zur Geburt eines Kindes.

Sarahs letzte Zweifel, wirklich ihren Traummann gefunden zu haben, sind spätestens mit der Rubrik „Hobbys“ zerstreut: Er geht gern ins Kino und er läuft. Sogar Marathon. Jetzt weiß sie, dass sie beide hervorragend zusammen passen. Er weiß es noch nicht, aber sie wird ihm Gelegenheit geben, es herauszufinden. Ganz zufällig.

Heute ist es soweit: Sarah sieht gerade noch, wie ihr Traummann das Büro verlässt und so nimmt auch sie ihre Sachen und schlendert hinter ihm her zur U-Bahn. Wie immer zur Feierabendzeit strömen jede Menge Menschen zu den öffentlichen Verkehrsmitteln, jetzt hat auch noch ein Bus vor der U-Bahn-Haltestelle angehalten und einen Schwall Leute ausgespuckt. Es wird voll werden. Und eng. Das ist gut!

Im Geist geht sie schnell noch mal ihre strategische Reserve an Gesprächsthemen durch: Das Wetter (Na ja! nicht sehr originell!). Husum, seine Geburtsstadt (Gute Idee, aber wie soll sie das Thema ansprechen? Außer Theodor Storm fällt ihr nichts zu Husum ein und kein Mensch redet aus heiterem Himmel über Theodor Storm).

Sein Sternzeichen (Er hat am 15.April Geburtstag, also ist er Widder. Denen sagt man Temperament und Leidenschaft nach, aber sie kann doch ein Gespräch nicht anfangen mit: „Sind Sie temperamentvoll und leidenschaftlich?" So was von plump. Da kann Sie ihn ja auch gleich fragen „Wollen wir nicht mal zusammen...?" Also das geht nun wirklich nicht!!)

Sarahs Traummann hat den Bahnsteig erreicht und bleibt stehen. So ein Glück, er steht genau richtig! Sarah wird sich neben ihn stellen und beide werden sie zufällig auf das riesige Plakat schauen, auf dem für den neuen Kinofilm mit Tom Cruise geworben wird und dann wird Sarah das Gespräch auf Filme bringen und ihn fragen, ob er gern ins Kino geht. So funktioniert das! Sarah pirscht sich vorsichtig näher heran. Der Angriff beginnt.

„Oh, hallo", sagt Sarah gekonnt überrascht und lächelt ihn an. Er dreht sich zu ihr und lächelt nach kurzem Zögern ebenfalls. Moment mal, er sieht ja sogar noch besser aus als sonst. Er ist braungebrannt. Mensch, er war im Urlaub. Na, wenn das kein Thema ist. „Waren Sie im Urlaub, Sie sind so braungebrannt?" fragt Sarah.

Er nickt und will gerade antworten, als die U-Bahn einfährt. Jetzt muss er mit ihr zusammen einsteigen, um auf ihre Frage zu antworten. Was für ein Timing!

Die U3 hält, es steigen einige Leute aus und jede Menge Leute ein. Sarah und ihr Traummann werden ziemlich geschoben und gequetscht, aber das macht überhaupt nichts, findet Sarah. Nur als sich eine alte Frau zwischen sie drängen will, schubst Sarah sie unter unauffälliger Zuhilfenahme ihres Ellenbogens weg. Die Sitzplätze sind alle belegt, also müssen Sarah und ihr Traummann stehen. Hinter ihnen steigt noch eine junge Mutter mit einem Kinderwagen ein und so müssen Sarah und ihr Traummann ziemlich eng stehen. Sarah liebt Kinderwagen!

„Entschuldigung", sagt Sarahs Traummann, „Ich weiß, wir haben uns schon mal gesehen, aber ich weiß jetzt nicht recht..."

„Wir arbeiten in derselben Firma", sagt Sarah. „Ich bin in der Personalabteilung."

Sein Gesicht hellt sich auf, natürlich, jetzt erinnert er sich daran, dass er sie schon ein paar Mal gesehen hat. Offensichtlich ohne tief greifend beeindruckt zu sein. Aber dazu sind sie ja jetzt hier. Irgendwie ist er aber immer noch irritiert.

„Fahren Sie sonst auch hier mit der U3?", fragt er.

„Nein, ich nehme sonst die U2, aber ich will heute zum Hauptbahnhof", sagt Sarah.

Er schaut verdutzt. Verdammt, das war ein Fehler. Zum Hauptbahnhof hätte sie die U2 nehmen können. Wie soll sie denn jetzt erklären, dass sie hier ist?

„Ich nehme die Bahn hier, damit ich an den Landungsbrücken vorbeifahren kann", fügt Sarah hinzu. Das macht es aber auch nicht besser. Er guckt noch irritierter. Gleich wird er anfangen, sie für merkwürdig zu halten.

Sarah überlegt fieberhaft: Wie lange lebt er schon in

Hamburg? Laut Personalakte 20 Jahre. Das sollte reichen, um Lokalpatriotismus zu entwickeln. Daraus lässt sich was machen. „Ich finde das Hafenpanorama so schön. Hamburg ist wirklich die schönste Stadt der Welt,“ sagt sie. Der Satz wirkt, er fängt an zu strahlen und nickt eifrig Zustimmung. Puh, gerade noch mal gut gegangen!

Die U-Bahn hält. Eine Mutter mit ihrer kleinen Tochter steigt ein. Beide bleiben neben Sarah und ihrem Traummann stehen. In der allgemeinen Unruhe überlegt Sarah, wie sie das Gespräch wieder in Gang bringen soll. Sie muss wohl den selben Trick zweimal benutzen.

„Wo waren Sie denn im Urlaub?“, fragt sie.

„Hawaii“, sagt er.

„Und, hat's Ihnen gefallen?“, fragt Sarah.

„Ja, sehr“, sagt er.

„Und das Wetter war auch gut?“, fragt sie.

„Oh ja“, sagt er.

Mist, so geht das nicht. Einen letzten Versuch wird sie noch unternehmen, dann muss sie sich etwas anderes ausdenken. „Ich habe gewaltigen Respekt vor dem Klima dort“, sagt Sarah so vor sich hin, „aber ich würde gern mal den Hawaii-Marathon laufen.“ Sarahs Traummann schaut sie plötzlich voll an, seine Augen blitzen, er strahlt vor Begeisterung über das ganze Gesicht. „Das gibt's doch nicht, sie laufen auch Marathon?“, fragt er begeistert. Und Sarah muss nur noch ein bisschen nicken und ein bisschen überrascht tun und schon ist er mitten im Erzählen.

Die U-Bahn hält wieder. St. Pauli, es riecht plötzlich durchdringend lecker nach Döner. „Ich hab Hunger", kräht das kleine Mädchen plötzlich. „Heute gab das nur doofen Spinat im Kindergarten."

„Was gab's eigentlich heute in der Kantine?", fragt Sarahs Traummann. „Spinat", sagt Sarah.

Sie lachen. Das kleine Mädchen ist stolz, dass ihre Bemerkung die Heiterkeit der Erwachsenen ausgelöst hat, wird gleich ein paar Zentimeter größer und plappert aufgeregt. Sarah lächelt sie an. Ach, kleine Kinder sind doch wirklich allerliebst! Sarah liebt kleine Kinder!

Sarahs Traummann redet immer noch ganz begeistert, während die U-Bahn aus dem Tunnel ins Tageslicht auftaucht und gleich danach an der nächsten Station hält. Die Fahrt geht viel zu schnell vorbei! Durch die Tür, neben der Sarah und ihr Traummann stehen, steigt eine Frau mit leuchtendroter Lockenmähne und großen Ohrringen ein.

Am anderen Ende des Waggons ist ein Gitarrenspieler eingestiegen. Er singt: „She loves you, yeah, yeah, yeah..." Ach, er hat ja so recht! So ein schönes Lied. Und so eine schöne Stimme. Jetzt strahlt Sarahs Traummann plötzlich so liebevoll. Ihr wird ganz schwindlig! Denn er strahlt die fremde Frau mit den roten Haaren und den großen Ohrringen an! Er küsst die fremde Frau!

Die beiden reden irgendetwas, aber Sarah hört nichts. In Sarahs Ohren rauscht es. Ihre Augen sind weit aufgerissen und das Lächeln ist zu einem debilen Grinsen schockgefrostet. Der Schlag hat sie getroffen. Jetzt wendet sich Sarahs Traummann an Sarah.

„Darf ich vorstellen? Das ist meine Frau!", sagt er. Dann zu der fremden Frau: „Das ist eine Kollegin von mir." Und dann wieder zu Sarah: „Wie war noch gleich Ihr Name?"

„Gulp!", sagt Sarah.

„Sie hatten übrigens recht", sagt Sarahs Traummann und deutet mit der Hand durch das U-Bahn-Fenster nach draußen, „das ist wirklich ein ganz tolles Panorama."

Panorama? Sarah starrt nach draußen. Ein tolles Panorama? Da liegt ein blödes, großes, grünes Schiff und dann ein blödes, großes, weißes Schiff. Und das soll toll sein?

„Hamburg ist wirklich die schönste Stadt der Welt", sagt die Frau von Sarahs Traummann. Das kleine Mädchen mit der Abneigung gegen Spinat hat den Satz gehört und will sich selbst auch mal wieder ins Gespräch bringen und sagt altklug: „In Hamburg habe ich die schönsten Jahre meines Lebens verbracht!" Warum lachen denn jetzt alle? Sarah könnte dieses altkluge Gör erwürgen. Kleine Kinder sind furchtbar! Sarah hasst kleine Kinder! Und überhaupt will sie nur weg. Das geht aber nicht, denn der Kinderwagen steht immer noch hinter ihr.

Sarahs Traumann erzählt derweil munter weiter. Sie hört etwas von Hawaii und davon, dass ihr Traummann und die fremde Frau mit den roten Haaren heimlich und überraschend im Urlaub geheiratet haben. Sarah taumelt rückwärts und rammt sich dabei versehentlich die Bremse des Kinderwagens in die Achillesferse. Die Hochzeit war ja so romantisch. Das tut höllisch weh. Sarah hasst Kinderwagen!

Die U-Bahn fährt an Bürofassaden entlang und hält dann wieder. Sarah ist fast daran auszusteigen, obwohl sie doch behauptet hat, zum Hauptbahnhof fahren zu wollen. Was soll ihr Traummann von ihr denken, wenn sie jetzt schon aussteigt? Er denkt bestimmt, sie ist merkwürdig! Na und? Soll er doch denken! Ist doch egal, was er denkt! Nix wie raus hier! Sarah wirft sich Richtung Tür.

„Hoppla, nicht so stürmisch, junge Frau", ruft der Gitarrenspieler, der gerade eingestiegen ist und drängt sie wieder in den Wagen zurück. „Wer wird denn gleich weglaufen. Hier kommt Radio Hilversum mit einem kleinen Lied zum Feierabend!" Und er schüttelt seine filzige Lockenmähne, dass die Schuppen nur so fliegen und fängt an zu singen. „Bye, bye love, bye, bye happiness..."

Das darf doch wohl nicht wahr sein! Die Leute schnipsen mit den Fingern und einige summen sogar mit. Gefällt denen das etwa? Dieses grässliche, abgenudelte Lied, das normalerweise im Supermarkt für die Abteilung Hygieneartikel herhalten muss?! Gesungen von diesem Kerl, der überhaupt keine Singstimme hat und nicht mal richtig Gitarre spielen kann. Wie furchtbar! Und obendrein will der auch noch Geld dafür!

Die U-Bahn taucht wieder in den Tunnel ab. Sarah möchte auch abtauchen, weit weg, nichts mehr sehen und vor allem: nichts mehr hören. Aber den Gefallen tut ihr der Traummann nicht. Im Gegenteil, er ist jetzt richtig in seinem Element. „Wir könnten eine Mannschaft für den Hanse-Marathon zusammenstellen“, sagt er, „Dann laufen wir mit einheitlichen T-Shirts. Ach, das finde ich klasse.“

Mein Gott, will seine Frau denn nicht mal eingreifen? Er steht hier und redet mit überschwänglicher Begeisterung eine fremde Frau voll und sie steht einfach daneben. Und lächelt. „Was meinen Sie“, sagt Sarahs Traummann, „welche Farbe sollen wir für die T-Shirts nehmen? Und was sollen wir drauf schreiben? Irgendwas Witziges. Ich setze mich heute Abend sofort hin und mache ein paar Entwürfe und morgen reden wir dann darüber!“

Da meldet sich seine Frau zu Wort. „Das ist eine gute Idee“, sagt sie. „Ihr könnt Euch doch morgen zum Mittagessen treffen und in Ruhe alles besprechen.“

So viel Großzügigkeit gibt Sarah den Rest. Von ihrem geplanten Eroberungsfeldzug ist nur noch eins geblieben: Rückzug nach verlorener Schlacht. Die U-Bahn ist endlich, endlich am Hauptbahnhof angekommen. Warum dauert das denn solange, bis die Türen aufgehen?

„Auf Wiedersehen!“, sagt Sarahs Traummann und Sarah murmelt etwas Undefinierbares zurück.„Hat mich wirklich gefreut“, sagt er. „Wir sehen uns morgen zum Mittagessen.“ Musste er das jetzt erwähnen? „Einen schönen Abend noch für Sie“, sagt die Frau von Sarahs Traummann. „Bestimmt“, sagt Sarah.

Ihr Traummann lächelt ihr noch mal freundlich zu. Statt dessen hätte er Sarah auch liebevoll in den Magen treten können. Sie rafft ihre letzten Kräfte zusammen und sucht das weite.

Eins ist sicher: Die U3 ist für sie gestorben. In Zukunft wird ihr Leben wieder in den gewohnten Bahnen verlaufen. Und das sind die U2 und die U1.

U

Monika C. Allers

Der Rosenkavalier

Nein, es hat sich nichts verändert.

Immer noch das kleine, nicht mehr genutzte Zugabfertiger-Häuschen mit dem abgeplatzten Putz, der nicht ausgebessert wurde, immer noch der alte Kiosk, vollgestopft mit Zeitungen, Zeitschriften und Süßigkeiten, wahrscheinlich auch immer noch mit dem selben Kioskpächter und seinem immer gleich schlechten Kaffee, zu dünn selbst für Herzkranke und den immer gleich labberigen Brötchen, die schon morgens um halb acht nichts Krosses mehr an sich haben.

Sie steht auf dem Bahnsteig und läßt ihre Augen schweifen, tastet jedes Detail ab, die Stahlpfeiler und die Stahlträger, die das Dach halten, alles in einem dunklen Blau gehalten, die alten Holzbänke mit den vielen Farbabplatzungen, die offensichtlich seit damals keinen neuen Anstrich erhalten haben, die uralten Anzeigentafeln, die nicht durch moderne ersetzt wurden. Nein, es hat sich wirklich nichts verändert, es ist alles nur noch etwas schäbiger geworden. Und die Bäume in den gegenüberliegenden Schrebergärten sind ein bißchen gewachsen.

Sie geht auf den Kiosk zu, schaut durch die schmale Öffnung, die den Blick in das Innere freigibt und erkennt ihn wieder, ja es ist das bekannte, mißmutiges Gesicht des Pächters.

Einen Kaffee und ein Camembertbrötchen, bitte.

Camembert ist aus.

Dann ein Brötchen mit Gouda. Er schiebt ihr das Gewünschte herüber – macht 2,50 – und streicht das Geld ein.

Die U-Bahn, die eigentlich Untergrundbahn heißt, hier aber oberirdisch auf einem hohen Bahndamm fährt, läuft langsam ein, die Türen öffnen sich, nur wenige Fahrgäste steigen aus. Niemand von ihnen kommt auf die Idee, hier am Kiosk einen Kaffee zu trinken. Nur wenige Fahrgäste steigen ein

Sie nimmt einen Schluck von dem Kaffee und beißt in das Brötchen. Sie verzieht das Gesicht. Und läßt die Bahn nicht aus den Augen. Die Türen schließen mit einem zischenden Knall. Nein, sie ist noch nicht bereit.

Sie greift erneut nach der Kaffeetasse, nimmt einen Schluck, die Hand zittert ganz leicht, Kaffee schwappt über den Rand der Tasse auf den Stehtisch. Sie wartet.

Die nächste U-Bahn läuft ein, wieder öffnen sich Türen, wieder steigen Fahrgäste ein und aus, zwei Jugendliche stürmen die Rolltreppe hoch, können noch rechtzeitig in den Waggon hineinspringen, bevor die Türen erneut schließen. Sie bleibt an ihrem Stehtisch, die Kaffeetasse in der Hand, umschließt sie fest mit ihren kalten Fingern. Trotz des frühen Morgens brennt die Sonne schon heiß. Genauso wie vor fast zwei Jahren.

Die nächste U-Bahn, die nächste U-Bahn werde ich nehmen! Auf jeden Fall. Es wird die nächste U-Bahn sein. Ihre Lippen formen leise diesen Schwur.

Endlich. Sie ahnt das Rattern mehr als das sie es hört, ahnt die Vibrationen der Gleise. Sie löst sich langsam von der Kaffeetasse, bewegt sich zögerlichen Schrittes auf die Bahnsteigkante zu, die U-Bahn kommt ins Blickfeld, das Rattern wird stärker – ruft da jemand: Hallo Frollein, das geht nicht, einfach das Geschirr so stehen lassen!? – die U-Bahn verlangsamt ihr Tempo, läuft in die Station ein und hält. Sie wartet bis der letzte Aussteigewillige den Waggon verlassen hat und sucht sich einen Sitzplatz am Fenster. Einen freien Sitzplatz mit freien Sitzplätzen drumherum.

Sie hat immer am Fenster gesessen, wenn sie zusammengefahren sind. Am Anfang hatten sie nur Augen füreinander, später auch wieder für ihre Umgebung. Seine Bemerkungen zu den Menschen in der Bahn und auf den vorbeiziehenden Straßen haben sie immer amüsiert und haben den Start in den Arbeitstag immer verschönt, genau, wie seine Rosen. Jeden Morgen überreichte er ihr eine rote Rose.

Sie lehnt ihren Kopf gegen das Waggonfenster, die frühe Morgensonne brennt ihr direkt ins Gesicht. Einfamilienhäuser, gepflegte Gärten, staubbedeckte Straßenbäume, parkende und fahrende Autos, Menschen, die über Straßen eilen, Hunde, die an einem Baum ihr Bein heben – all diese Bilder fliegen am Fenster vorbei. Ungesehen, unbeachtet.

Die erste Rose gab es am dritten Tag. Am dritten Tag des gemeinsamen Kaffeetrinkens und Brötchenessens am Stehtisch vor dem Bahnsteigkiosk. Der Kaffee war einfach köstlich, das Brötchen super lecker und der Kioskpächter ein sehr freundlicher Mann, auch wenn er sich weigerte, ein Foto von ihnen beiden zu machen zusammen mit dem Kaffee und den Brötchen und sie einen wartenden Fahrgast darum bitten mußten.

Yesterday, all my trouble seemed so far away... belästigt ihr Ohr und stört ihre Gedanken. Sie hält ihren Kopf zum Waggonfenster gedreht als ein Plastikbecher mit ein paar Münzen drin klappernd vor ihr Gesicht gehalten wird, um für diese Belästigung auch noch Geld einzufordern, um schließlich wieder weggezogen zu werden, weil die gewünschte Reaktion nicht er folgt war.

Es war eine wunderbare Zeit und fünf Monate später haben sie immer noch morgens gemeinsam Kaffee getrunken und Brötchen gegessen. Aber nicht mehr am Bahnsteigkiosk, sondern in der gemeinsamen Wohnung. Nun gab es die tägliche Rose auch nicht mehr am Morgen vor der Arbeit, sondern am Abend nach der Arbeit. Jeden Abend gab es eine neue Rose. Die Rosen schienen allmählich Besitz von der ganzen Wohnung nehmen, schienen jeden Platz zu erobern, jede Ecke auszufüllen, bis es kaum noch Platz für irgend etwas anderes gab, ihr schließlich den Atem raubten und sie sie alle weggeworfen und sich jede weitere neue Rose verbeten hat. Das hat ihn nicht davon abgehalten, hin und wieder doch mit einer Rose zu kommen und sie ihr feierlich zu überreichen. Und von ihr Freude darüber zu erwarten. Mit so einem Hundeblick, mit so einem widerlichen, hündischen Hundeblick. Dieser verdammte Hundeblick, der um so hündischer wurde, je mehr sie ihren Abscheu darüber Ausdruck gab. Bis er ihr einfach zu hündisch wurde und sie seine Bemerkungen über die Mitmenschen gar nicht mehr amüsant fand und sie die gemeinsame Wohnung für immer verließ.

Nächste Haltestelle: Hallerstraße. Ihre Ohren wollen zerbersten. Oh mein Gott, es ist die nächste Station, schon die nächste Station. Sie nimmt ihre Riementasche, drückt sie vor die Brust. Die Station kommt in Sicht, die entscheidende Station. Die Station, die ihr Angst macht. Sie wagt es kaum, aus dem Fenster auf den Bahnsteig zu schauen. Sie steht auf, senkt die Augen, folgt den Aussteigenden aus dem U-Bahn-waggon. Die Knie wollen nachgeben. Sie atmet tief durch.

Sie öffnet schließlich ihre schwarze Riementasche, holt etwas heraus, etwas Rotes in Plastik gehüllt. Sie nimmt dieses rote Etwas aus der durchsichtigen Hülle heraus, schnuppert daran, glaubt, noch einen feinen Geruch wahrzunehmen, dreht es zwischen den Fingern, sticht sich an einer der Dornen. Wartet. Hört die nahende U-Bahn. Hört das ratternde Geräusch der metallenen Räder, die sich über die metallenen Gleise bewegen, spürt wieder die Vibrationen. Sie wirft das rote Etwas kurz entschlossen auf die Gleise, schließt ihre Augen, umklammert ihren Körper mit ihren Armen.

Es war die letze Rose, die allerletzte, die er ihr geschenkt hat. Es war am Abend vorher, dem Abend vor dem Ereignis, das sie aus dieser Stadt herausgetrieben, der Stadt, in der sie aufgewachsen war und das sie nun heute wieder auf die Strecke geschickt hat, die sie einstmals zusammen mit ihm tagtäglich gefahren ist. Es war an dem Abend, als er weinend vor ihrer Tür stand und ihr die Rose in die Hand drückte als sie die Tür öffnete und sie zu überrascht war, um sie zurückzuweisen. Sie hat ihn nicht in die Wohnung gelassen, selber den gesamten Abend geweint und die Rose in den Mülleimer geworfen. Und am übernächsten Mittag nach dem Ereignis wieder herausgeholt. Und zwischen die Deckel des Romans „Und Gott schützt die Liebenden" gepreßt, den er ihr zum 1. Kennenlerntag geschenkt hatte, als die Beziehung schon in der Krise steckte und den sie mitgenommen hat auf ihrer Flucht nach Hannover zu ihrer Freundin, um dort unterzukriechen, bis sie dort einen neuen Job und eine eigene Wohnung hatte. Sie, die Sentimentalitäten verabscheut.

Hallo Sie da. Die U-Bahn fährt langsam in die Station ein. Die Räder rollen über die getrocknete Rose hinweg, zermalmen sie, zerteilen sie in kleine Fetzchen, die in den Schotter fallen. Sie spürt es mit jeder Faser ihres angespannten Körpers.

Hallo Sie da! Man wirft nichts auf die Gleise. Das ist verboten. Wer soll den Dreck nachher wieder aus dem Schotter rauskratzen?! Und was das kostet!

Sie dreht sich um, sieht einen alten Mann im beigefarbenen Mantel mit grauen, schütterem Haarkranz und erhobenen Stock. Die angenehm kühle Zugluft, die von Ausgang zu Ausgang durch die Station weht, treibt das eine und das andere seiner Härchen in die Höhe.

Hunderttausende kostet das im Jahr, ich weiß das, ich war mal beim HVV. Die Türen gehen auf. Ja – und sie dreht sich wieder zu dem alten Mann, der seinen Stock jetzt gesenkt hat, – sie haben recht. Man sollte nichts auf die Gleise werfen. Der Preis ist zu hoch. Viel zu hoch.

Sie steigt ein, die Türen schließen mit einem leisen Zischen. Trennen sie von dem Bahnsteig, von dem alten Mann und von dem Ereignis.

Sie stellt sich gegen die Trennwand zwischen Eingangsbereich und Sitzreihen, lehnt sich dagegen, läßt das zitternde Schwarz der Tunnelwände an sich vorbeiziehen. Eine Gänsehaut überzieht ihren Körper, trotz der Hitze.

Er hatte auf sie gewartet. War wahrscheinlich wie immer werktagmorgens mit derselben U-Bahn gefahren, wie fast eineinhalb Jahre lang mit ihr, war bei der Station ausgestiegen, wo sie beide immer ausgestiegen sind, um zu ihren unterschiedlichen Arbeitsplätzen zu gelangen. Er wußte, er würde sie hier gegen acht Uhr antreffen. Sie würde mit der U-Bahn aus der Gegenrichtung kommen, wie seit der Trennung jeden Werktagmorgen und hier aussteigen. Und hier, genau hier hat er auf sie gewartet. Stand dort in seinem dunkelgrauen, korrekten Anzug, trotz der

Hitze mit Schlips – mit dem Schlips, den sie ihm zum letzten Geburtstag geschenkt hatte - und im geschlossenem Jackett, seine Aktentasche in der Hand. Stand da, kontrollierte mit seinen Augen alle Aussteigenden, bis er sie entdeckte. Sie fühlte ihn, noch bevor sie ihn sah. Fühlte seinen Blick auf ihrem Gesicht. Wie er sich an ihr festheftete, sie umklammerte, in sie eindrang, sie an sich band, sie zwang, ihn anzuschauen, ihm zu folgen, wie er langsam rückwärts ging, bis zur Bahnsteigkante, wartete, bis die U-Bahn aus der Gegenrichtung nah genug war, um nicht mehr rechtzeitig bremsen zu können und sich schließlich nach hinten fallen ließ. Die Aktentasche in der Hand. Seine Augen hielten sie immer noch fest, auch als er nicht mehr zu sehen war, als sein Körper bereits vom Führerhaus getroffen, zur Seite und auf die Gleise geschleudert und von den ersten drei Waggons überrollt war, als sein Blick längst erloschen war. Die Aktentasche war gegen einen Pfeiler geflogen und hatte sich geöffnet. Die Brotdose lag unter der Sitzbank, die Splitter der Mineralwasserflasche neben dem Pfeiler. Das Foto von ihnen beiden beim Brötchenessen am Kiosk schwamm in der Pfütze. Sie hat die Schreie der anderen nicht gehört, sie hat die Gaffer nicht gesehen, die mit schaurig-wohligem Entsetzen über die Bahnsteigkante schauten. Sie hat ihren eigenen Schrei nicht gehört und ist erst wieder in einem Krankenhausbett zu sich gekommen.

Das Bild wird nie ganz verlöschen, aber es war

bereits verblaßt. Sein Gesicht hat seine scharfen Konturen verloren, seine Augen haben sie losgelassen.

Etwas berührt ihr Bein. Ein kleiner weißer Terrier schnüffelt mit seiner feuchten Schnauze an ihrer Wade, bevor er energisch mit einem Pfui weggezogen wird.

Sie holt aus ihrer schwarzen Riementasche einen Fahrplan der Deutschen Bahn, blättert darin, bis sie die richtige Seite gefunden hat. Sie hat noch genügend Zeit. Der nächste Zug fährt erst in einer guten halben Stunde.

Ach, sie wollen verreisen und ganz ohne Koffer. Oder haben Sie Ihre Koffer vorher aufgegeben? Der Mann, an dem sie sich eben wohl vorbeigedrängt hat, schaut sie freundlich an.

Gerade Nase, kräftiges Kinn, straffe Haut, Muttermal unterm linken Auge und ein feines Lächeln, das sich langsam entfaltet, während er sie beobachtet. Ein männlicher Mann. Ein gutaussehender männlicher Mann mit ordentlich gekämmten, dunklen Haar.

Nein, ich fahre wieder nach Hause. Nach Hannover.

Ach, wie schade. Das Lächeln des gutaussehenden Mannes war tiefer geworden. Hatte er sich ein Stückchen genähert? Der gutaussehende Mann öffnet seinen Mund, will etwas sagen, sie drängt sich wieder – diesmal freundlich nickend – an ihm vorbei und sucht sich einen freien Platz gegenüber einer Frau mit graumelierten kurzen Haaren. Und läßt einen verblüfften gutaussehenden Mann zurück.

Ihr Blick verfolgt die vielen Kabel, die sich entlang der

Tunnelwand ziehen, manchmal in gerader Linie, manchmal in leichtem Bogen. Ihr Blick löst sich, muß sich lösen von den vielen Kabeln, wandert nach links zum Waggoninneren, wandert weiter lang links, nimmt den Kopf mit, geht zu weit, denn er kollidiert mit dem Blick des gutaussehenden Mannes. Sie senkt den Blick sofort und muß sich ein kleines Lächeln mühselig verkneifen und freut sich doch. Sie verfolgt den gutaussehenden Mann mit ihren Augen, als er aussteigt und Richtung Ausgang geht. Als er sich zu ihr umdreht, hält sie seinem Blick stand.

Ein kräftiges Schnarchen von links dringt an ihr Ohr. Es übertönt das Rattern der Bahn, die wieder angefahren ist. Ein Mann um die 40 mit fettigen, langen Haaren, hat sich auf der Bankreihe neben ihr ausgestreckt und schläft. Seine Gitarre lehnt an der Waggonwand. Ist das die Nervensäge von vorhin? Sie schaut ihn eine Weile an. Vielleicht. Na, er hätte sich ja wenigstens die Schuhe ausziehen können.

Die Frau mit den graumelierten kurzen Haaren wirft einen empörten Blick auf den schlafenden Mann. Ja, stimmt, aber dafür singt er uns nichts vor, das ist den Preis der Sitzplatzverschmutzung doch schon wert, meinen Sie nicht auch. Ich habe ihn vorhin nämlich gehört.

Das schallende Gelächter der beiden Frauen weckt ihn aus seinem Schlaf. Er reckt seine Beine, öffnet seinen Mund weit zum Gähnen, zeigt seine schlechten Zähne, blinzelt, will sich aufsetzen, zögert und rollt sich wieder auf der Bank zusammen. Na Gott sei Dank, er schläft weiter. Die beiden Frauen lachen jetzt nur noch gedämpft.

Die U-Bahn erreicht den Hauptbahnhof. Sie nickt der Frau mit den graumelierten kurzen Haaren freundlich zu, eilt über die Treppen zum Bahnsteig, wo der Zug Richtung Hannover bereitsteht, kauft sich vorher ein Baguettebrötchen mit Camembert, das auch frischer hätte sein können, ist es trotzdem mit Genuß, steigt ein und wartet, dass der Zug abfährt. Sie lehnt sich zurück. Doch, irgend etwas hat sich verändert.

Tim Cortinovis
Nicht mit mir!

Am Eingang zur U-Bahn kaufe ich mir eine Zeitung. Seitdem ich herausgefunden habe, dass die Frau im Kiosk den Moment beim Herausgeben des Wechselgeldes dazu nutzt, mir ein Gespräch aufzudrängen, lege ich mir das Geld am Abend vorher passend zurecht. Wie jeden Morgen in den letzten 15 Jahren steige ich die 21 Treppenstufen zum Gleis 2 des U-Bahnhofs herunter, um pünktlich die Bahn um 7.18 zu nehmen. Ich nehme die Bahn um 7.18 und bin genau 32 Minuten später an meinem Arbeitsplatz. Auf meinem Weg begegnen mir jeden Morgen die gleichen Gesichter, die gleichen Leute, bei denen ich mir sicher sein kann, dass sie mich nicht ansprechen. Ich schätze diese Verlässlichkeit.

Hoffentlich setzen sie heute morgen wieder einen von den neuen Zügen ein. Bei den alten muss man beim Aufziehen der schweren Türen ja immer so lange die Griffe anfassen, was man sich da alles wegholen kann. Das ist ein echter Vorteil bei den neuen Waggons, dort kann ich die Tür einfach öffnen, indem ich nur kurz den Knopf mit dem Ellenbogen drücke.

Als ich auf dem Gleis ankomme, stehen sie dort schon. Vier Männer vom HVV in diesen blauen Uniformen. Nicht mal in Ruhe auf die Bahn warten kann ich hier. Wieso denken die eigentlich, dass so jemand wie ich schwarzfahren will? „Guten Morgen", wendet sich einer der Männer an mich. Ich zücke schon mein Portemonai, um die Abo-Karte, die ich jetzt seit fünfzehn Jahren immer wieder kaufe, herauszunehmen. „Lassen Sie mal", sagt er, „das ist umsonst." Da erst fällt mir der Wagen mit Thermoskannen und verpackten Lebkuchen auf. „Das hier ist eine kleine Wiedergutmachungsaktion für unsere Kunden. Weil Sie doch durch den Kabelbrand die Unannehmlichkeiten in den letzten Wochen hatten." Der Mann, der hinter dem Wagen steht, gießt dampfenden Kaffee in einen Becher und reicht ihn mir. Der, der mich angesprochen hat, gibt mir zwei von den Lebkuchen und sagt: „Einen schönen Tag noch und gute Fahrt." – Pah, wie kann ein Tag, der mit Aufstehen beginnt, schon gut werden.

Ja, ja, denke ich, wollen die vom HVV ihr krasses Missmanagement mit ein bisschen Kaffee und Süßem übertünchen. Waren bestimmt billiger die Lebkuchen, weil das Verfallsdatum schon abgelaufen ist. Sollten sich mal lieber um dieses ganze Gesocks hier kümmern, statt den fetten Gewinn, den die mit meinem Jahresticket machen, hier unter den Leuten zu verteilen. Wird doch alles immer schlimmer mit den ganzen Ausländern und Pennern, die schon morgens nach Alkohol stinken.

Außerdem kann ich mich so kaum noch bewegen. Unter den einen Arm habe ich die Aktentasche geklemmt, unter den anderen den Schirm, ohne den ich das Haus nun mal nicht verlasse, um mit den Händen den heißen Becher und die Lebkuchen zu balancieren. So bin ich fast bewegungsunfähig, als der Zug einfährt. Ich kämpfe mich zwischen den einsteigenden Menschen durch und verschütte natürlich etwas von dem Kaffee auf meinen Mantel. Das ist also der Dank dafür, dass ich den Männern eben einen Becher abgenommen habe. Durch die Verzögerung bekomme ich jetzt auch keinen Platz mehr und muss stehen.

So stehe ich, dicht an das verschmierte Glas der Waggon-Tür gedrängt, mit der Aktentasche unter dem einen und dem Schirm unter dem anderen Arm. Die Türen schließen sich. Mit Erleichterung stelle ich fest, dass der Gitarrenspieler, den ich eben noch auf dem Bahnsteig gesehen habe, in den nächsten Wagen eingestiegen ist. Da bleibt mir wenigstens dieses Katzengejammer erspart. Der Typ hat ja sowieso nur ein Lied im Repertoire. Immer noch mehr als der andere. Der, der immer in der Fußgängerzone steht und stundenlang seine Gitarre stimmt. Dem geben die Leute doch eh nur etwas, weil der so jämmerlich aussieht. Diese Typen sollten lieber mal arbeiten gehen. Simon and Garfunkel in Personalunion bleiben mir also erspart.

Dafür fängt mein Pullunder an zu kratzen. Dabei habe ich meiner Mutter schon tausendmal gesagt, dass sie ihn mit Feinwaschmittel waschen soll. Ist denn das zuviel verlangt? Aber nein, das habe ich nun davon, dass ich meiner Mutter die Wäsche vorbeibringe und ihr so wenigstens einmal in der Woche eine sinnvolle Aufgabe zu erledigen gebe.

Mittlerweile kann ich nicht mehr stehen. Ich verlagere mein Gewicht auf das linke Bein, so geht's auch nicht. Damit meine Aktentasche nicht unterm Arm hervorrutscht und auf den dreckigen Boden fällt, führe ich ganz vorsichtig den Kopf nach unten, um einen Schluck von dem Kaffee zu nehmen, den sie mir aufgedrängt haben. Er schmeckt wirklich widerlich und an der Menge haben sie auch gegeizt. Hoffentlich dringt der Fleck nicht durch den Mantel auf meinen Anzug durch. Ich kann mir gut vorstellen, was dann Frau Müller denkt, wenn ich um Punkt 8 die Firma betrete. *Ah, sieh da, der Herr Adler, nicht mal richtig trinken kann der.* Die lauert mir doch sowieso immer in der Küche auf, um mich dann mit diesem aufreizenden Lächeln anzusehen. Die falsche Schlange! Die erhofft sich doch nur, dass ich beim Abteilungsleiter ein gutes Wort für sie einlege. Aber so nicht, nicht mit mir! Und dann fragt sie wahrscheinlich wieder, ob wir zusammen in die Kantine gehen. In die Kantine gehen, ich? Dienstags und Donnerstags ist dort doch immer diese Frau mit den roten Haaren an der Essensausgabe, die donnert doch eh nur so große Portionen auf den Teller, damit ich fett und unansehnlich werde. Und der Mann, der an den anderen Tagen Dienst hat, knausert so, dass man gar nicht richtig satt wird für sein Geld!

Nee, Frau Müller, nicht mit mir!

Drei Stationen später hat endlich eine alte Frau meine missliche Lage erkannt und bietet mir ihren Sitzplatz an. Dankend nehme ich an, um kurz darauf ihren üblen Trick zu durchschauen: Sie biegt sich wahrscheinlich innerlich vor Lachen, als ich mich aus meinen Verrenkungen kaum befreien kann, um den Platz in Besitz zu nehmen. Was solls, endlich sitze ich. Und warum guckt die Frau, die jetzt auf dem Platz mir gegenüber sitzt so komisch? Was will die von mir? Warum summt die die ganze Zeit wie eine Blöde? Weil ich sie einen Moment zu lange angesehen habe, spricht sie mich auch noch an.

„Ich bin neu in der Stadt, erst seit vier Wochen hier. Heute klappt es endlich: Ich bin auf dem Weg in die Innenstadt, um den Vertrag für meine neue Stelle zu unterschreiben!"

Wahrscheinlich erwartet sie ein „Herzlichen Glückwunsch!" von mir, aber ich bin es nicht gewohnt, von gut aussehenden Frauen morgens in der U-Bahn angesprochen zu werden und so starre ich sie nur sinnentleert an.

„So gegen Mittag habe ich den Termin und danach nichts mehr zu tun. Ich würde dieses Ereignis gerne mit jemandem so netten wie Ihnen teilen. Wollen Sie nicht nach dem Essen einen Kaffee mit mir trinken gehen?"

Das ist ja dreist! So früh morgens schon so eine Einladungsunverschämtheit! Wie soll ich das denn mit meinem Tagesablauf vereinbaren? Das bringt mir ja alles durcheinander! Das lohnt sich doch gar nicht, darauf Zeit zu verschwenden, man trifft sich ja doch nie wieder. Oder es ist wohlmöglich nett... aber dann will sie mich bestimmt nie wieder sehen. Oder noch viel schlimmer, wir sehen uns wieder, erst noch einmal zum Kaffeetrinken und dann noch mal und dann lässt es sich nicht mehr vermeiden, dann müssen wir abends ausgehen. Und dann zieht sie bei mir ein...und lässt überall ihre Sachen rumliegen... lange Haare im Abfluss... Make-Up-Flecken auf den Handtüchern...und bestimmt wischt sie nie die Krümel vom Tisch ...sie will bestimmt auch Platz für ihre Sachen im Kleiderschrank. Und dann lässt sie sich nach und nach gehen. Sieht nicht mehr so gepflegt und hübsch aus. Kein strahlendes Blend-a-med Lächeln mehr.

Und dann, das was unweigerlich folgen musste: Sie wird an mir herummeckern, an mir und an meiner Mutter. Bis sie schließlich wieder auszieht, wir uns um die Schrankwand streiten und ich ihr auch noch Ehegatten-Unterhalt zahlen muss. Das ist bestimmt sowieso, worauf sie aus ist.

„Nein", schreie ich sie an, „keinen Pfennig werden Sie von mir bekommen!"

Ich zögere, an den Blicken der übrigen Fahrgäste kann ich erkennen, dass meine Reaktion nicht ganz adäquat war. Also noch einmal:

„Ich gehe bestimmt keinen Kaffee mit Ihnen trinken! Ich habe keine Zeit für so etwas." Der Zug hält und ich sehe, dass ich hier aussteigen muss. Ich stelle den Pappbecher auf den Mülleimer, stehe schnell auf und steige aus.

Puh, gerade noch einmal entronnen! Womit einen die Leute aber auch so traktieren müssen, wenn man einfach nur ruhig zur Arbeit fahren will. Wieso muss ausgerechnet mir so was immer passieren?

NGFERNSTIEG
JUNGFERNSTIEG
JUNGFERNSTIEG
KURZZUG

Christoph Ernst

Tonite´s the nite

Der Abend hatte beschissen angefangen und drohte so erbärmlich zu enden, wie die meisten, an denen ich zu Walther muss. Ich gehe nur hin, weil er für mich zahlt. Bis ich achtzehn bin. Das ist der Deal. Danach kann er mich mal.

Als ich endlich auf dem Bahnsteig stand, war es kurz vor halb elf. Noch drei Minuten bis zur nächsten U 1. Ich atmete durch. Kein Mensch zu sehen, aber ich hatte mein Restgift vergessen. Walter hat manchmal Anwandlungen. Dann will er mir dringend erklären was damals zwischen ihm und Maggie gelaufen ist. Sonst kriegt er sich ein, doch heute war er laut geworden. Ich solle gefälligst zuhören. Also war ich aufgestanden und gegangen. Dummerweise hatte ich dabei mein Pack liegen gelassen. Nun zählte ich Kippen zwischen Gleis und Stromabnehmer und träumte von einer „Prince".

Mein Kopf fühlte sich taub an. Das tut er grundsätzlich, wenn ich von Walther komme. Der Therapeut, zu dem der Schulpsycho mich geschickt hat, behauptet, es läge daran, dass ich mich dagegen wehre, ihn als Vater zu akzeptieren. Mag sein. Schließlich hat er sich nie wie einer benommen. Jedenfalls nicht, als es zählte. Bloß wenn Maggie ihm aufs Dach steigt, springt er. So wie heute.

„Red du mit ihm, Walther. Ich weiß nicht mehr, wie ich das managen soll…" Maggie benutzt gern amerikanische Ausdrücke. Sie arbeitet bei einer Werbeagentur. Von denen kann keiner richtig deutsch. Aber wenn Maggie managen sagt, meint sie auch managen. Maggie ist meine

Alte. Sie hat sich vor zwölf Jahren von Walther getrennt. Seitdem schröpft sie ihn. Zusammen mit dem Anwalt. Der heißt Rüdiger und hat arrangiert, dass das Sorgerecht bei ihr liegt. Wegen der Unterhaltszahlungen. Walther habe keine Eier, sagte er damals. Sie kicherte bloß und gurrte, „Na wie gut, dass du welche hast...“. Sie dachte, ich bekäme das nicht mit. Schließlich war ich erst fünf und sollte längst schlafen. Doch ich bekam schon eine Menge mehr mit, als ich mitkriegen sollte. Zum Beispiel, dass sie und Rüdiger in Walthers Bett lagen. Als ich den dann am nächsten Tag fragte, wie das mit seinen Eiern gemeint sei, flog die Sache auf.

Seitdem weiß ich auch, dass Walther tatsächlich keine hat. Denn sein Streit mit Maggie endete darin, dass er sie unter Tränen anflehte, ihn nicht zu verlassen. Sie hatte mich rausgeschickt, aber als ich sie laut lachen hörte, dachte ich, nun sei alles wieder in Butter. An der Schwelle zum Wohnzimmer blieb ich stehen. Er saß vor ihr und wiegte den Kopf. Wie ein getretener Nickdackel. Eingefallen ist mir diese Episode übrigens erst wieder, als der Psycho mich fragte, ob ich entsänne, wer von beiden früher „den Ton“ angegeben habe. Welch ein Witz! Da hätte er sich besser gleich nach ihr erkundigen sollen. Maggie nennt mich ihren „Unfall“. Sie sei noch nicht reif für die Mutterschaft gewesen. Obwohl sie mir keine Vorhaltungen machen wolle, habe sie durch meine Geburt auf vieles verzichten müssen. Wie etwa ihren Studienabschluss. Sonst stünde sie heute anders da. Insbesondere finanziell. Dabei scheffelt die Schlampe. Und der schmierige Winkeladvokat, der noch immer an ihrem Schlüpfer klebt, trägt auch satt nach Hause. Trotzdem habe ich ihr das Märchen früher geglaubt. Bis ich darüber stolperte, dass sie bereits sechs Jahre an der Uni rumdümpelte, bevor sie schwanger wurde. Ihr Studium kriegte sie bloß deshalb nie fertig, weil sie dauernd nach Poona reisen musste, um im Ashram Bodenturnen zu veranstalten.

Inzwischen wohnt Walther in Winterhunde und fährt Volvo. Marineblau, mittelmäßig und so langweilig wie alles, was er anpackt. Maggie frisst er noch immer aus der Hand. Trotz Scheidung. Weil die sonst die Schrauben anzieht. Und wenn Maggie meint, ich liefe zu sehr aus der Spur, spannt sie ihn ein.

Diesmal ging es um den Verweis, den ich neulich kassiert habe. Mein zweiter. Wegen einer Tüte auf dem Schulhof. Walther eierte wie üblich herum, bevor er zum Punkt kam, kramte zwischen seinen Vinyls und legte eine aus alten Tagen auf. Das tut er öfters, wenn er die Kumpelkarte zieht. Anschließend gestand er mir, dass er selber mal gehascht habe. Beim „Open Air" im Stadtpark. Er sagte tatsächlich „gehascht". Dazu grinste er blöde, sein schwachsinniges Hamburger Fotografengrinsen, von dem er glaubt, dass es Werbefuzzis einseift, und erklärte, kiffen brächte nichts, aber falls es da was gäbe, über das ich reden wolle, könne ich jederzeit zu ihm kommen. Die Zeile klang so hohl wie aus einer lausigen Soap. Ich bin schon lange nicht mehr freiwillig zu ihm gekommen. Nicht mehr, seit ich damals vor Rüdiger abhaute. Im Alter von acht. Da bettelte ich ihn an, mich bei sich zu behalten. Meine Lippe war fett und ich heulte Rotz und Wasser. Er sagte, ich bräuchte nicht mehr zu weinen, und klar, ich könnte bei ihm bleiben. Doch dann rief Maggie an. Eine halbe Stunde später klingelte es und sie stand in der Tür. Das habe ich ihm nie verziehen. Das weiß er.

Inzwischen sagt er selber, er habe versagt. Wäre er gleich mit mir zum Arzt gegangen, hätte der Richter anders entschieden. Trotzdem versucht er es immer wieder. Immer auf dieselbe Tour. Tut so, als habe er für alles Verständnis. Dabei sehe ich ihm an, dass er keine Silbe schnallt. Haue ich mal einen kleinen Testkorken raus und stelle etwa fest, dass Görlitz in Mitteldeutschland liegt, guckt er höchstens gequält. Im Zweifelsfall rauscht es an ihm vorbei. Zu Juden hat er auch keine Meinung. Entweder er verpasst es oder er grinst betreten und erklärt, ich solle mich mit solchen Äußerungen besser vorsehen. Das könne andere verletzten. Als ob er nicht wüsste, dass es genau das auch soll. Stattdessen fängt er an, mir Geschichtchen zu erzählen, von irgendwelchen armen Suppen, die man zu Sündenböcken gestempelt hat.

„Was hat das mit den Juden zu tun“, frage ich. „Siehst du das denn nicht, Lennart?“ „Nein“, sage ich.

„Alles“, sagt er dann. „Dasselbe ist mit denen passiert." Walther hält sich für tolerant und liberal. Aber er ist bloß feige. Er lässt es nie drauf ankommen. Dass er meine Glatze nicht mag, ist klar. Trotzdem hat er ohne Zucken die Knete für den „Lonsdale" Sweater rausgerückt.

Obwohl ich ihm das Teil mit halboffener Jacke präsentiert habe, so dass nur die mittleren vier Buchstaben zu erkennen waren und jeder Hirntote es hätte raffen müssen.

„Das findest du also schön", stellte er mit schrägem Mundzucken fest. Es klang eher wie eine Frage. Ich nickte. „Okay" sagte er ächzend. „Schließlich habe ich es dir versprochen. Unter einer Bedingung…" „Welcher?" „Du fährst mit mir nach Neuengamme."

Ich wusste sofort, dass er von der Gedenkstätte sprach. Vorsichtshalber fragte ich ihn allerdings erst mal, was er in den Vierlanden zwischen all den Gewächshäusern suche. „Ich will dir was zeigen", kam es. „Gewächshäuser?" „Nein. Das KZ." „Das KZ? Wurde das nicht geschlossen, nachdem die Engländer unsere Leute aufgehängt hatten?" „Das waren nicht unsere Leute." „Aber Deutsche." „Richtig. Deutsche Mörder."

An dieser Stelle hielt ich den Mund, weil er sonst die Brieftasche wieder weggesteckt hätte. Also ließ ich ihm seinen kleinen Triumph. Walther glaubt, dass Knete alles regelt. Weil er selber käuflich ist. Vielleicht hofft er auch, dass ich ihm dankbar bin. Doch da täuscht er sich. Weshalb sollte ich dem Warmduscher dafür dankbar sein, dass er abdrückt? Manchmal wünschte ich, einer wie Maik wäre mein Alter. Maik ist das genaue Gegenteil von Walther. Er verdient zwar weniger, aber er kriecht keinem die Darmzotten hoch. Und er muss nicht vor Bräuten kuschen. Die haben Respekt vor ihm. Sonst zeigt er es ihnen. Er ist kein Weichei wie Walther oder das schleimige Etwas von Rüdiger, das Maggie die Füße leckt.

Maik bringt uns Aikido bei. Auch ein paar der Tricks, die er damals den Leuten mit Spezialaufträgen beigepult hat. Er kommt aus Zwickau und arbeitet in der City Nord. Als Wachschutz. Das ist ein lauer Job. Vor dem Mauerfall war er Nahkampfausbilder für die Staatssicherheit. „Schwert und Schild" nennt er das, abgekürzt zu „S und S". Das spricht er so zackig aus, dass es fast wie „SS" klingt. Er weiß, wie das auf die Jungs wirkt. Dem fetten Brandauer, der beim Training grundsätzlich schwitzt wie ein Schwein und seine schwabbeligen Stampfer nie über Brusthöhe bekommt, leuchten dann sofort die Augen und er bittet schnaufend um Kriegsgeschichten. Ist Maik aufgelegt, lässt er ab und zu was hören. In letzter Zeit allerdings weniger.

Seit die Dumpfbacke Brandauer sich „Unsere Ehre heißt Treue" auf den Oberarm hat ritzen lassen, damit beim Harburger Sturm angeben wollte, in Wilhelmsburg an drei Kanaken geriet, erkennungsdienstlich behandelt wurde und ausgerechnet an diesem Tag sein Adressbuch in der Tasche tragen musste. Jedenfalls weiß ich durch Maik, dass die DDR gar nicht so schlecht war. Zumindest ausländertechnisch hatten die was los. Da gab es keine Türken und die Handvoll Bimbos wurde in geschlossenen Wohnheimen untergebracht. Genauso wie die Schlitzaugen. Sauber von den Deutschen getrennt. Ließ sich eine von den Fidschis dick machen, flog sie ruckzuck raus. Zurück nach Vietnam.

Ganz einfach. Nicht so wie im Westen, wo sich die Anatolen wie Karnickel vermehren und jeder Kaffer bloß „Asyl" zu stammeln braucht und an den Sozialtropf gehängt wird. Gerade als ich zwischen dem fetten Brandauer und Walthers weinerlicher Gedenkstättenvisage pendelte, hörte ich die Gleise kreischen.

Der Zug rollte an. Ich stand ziemlich weit vorn. Bevor ich einstieg, kriegte ich noch mit, wie ein einzelner Mann den Aufgang hoch hastete. Er schwenkte die Arme und brüllte irgendetwas, aber das Neon über der Treppe war defekt und das Knacken der Lautsprecheranlage zerschnitt sein Gerufe. Außerdem war ich sowieso woanders. Denn noch während der Zug einlief, sah ich bereits den Barden.

Der Barde wirkt wie eine Karikatur der Typen, auf die Maik im Osten früher angesetzt war. Besser gesagt wie das, was ich mir unter einem Zonenhippie so vorstelle. Selber getroffen habe ich nie einen. Ich bin Gesamtdeutscher. Als der Asbestbeton fiel, war ich drei. Schade eigentlich. Bei „Schwert und Schild" stelle ich mir die Veranstaltung ganz amüsant vor. Zumindest mit einem Führungskader wie Maik. Jedenfalls hockte der Barde in einer Ecke und stierte durch vier Dioptrien Gläser aus dem Abteilfenster. Mir direkt ins Gesicht. Im selben Moment war das taube Gefühl zwischen meinen Schläfen weggewischt: Hier sitzt deine Chance, durchzuckte es mich. Wie eigens für dich bestellt. Auf dem Präsentierteller. Dein Test. D e r Test. „Tonite's the nite…" Keine Ahnung wieso mir ausgerechnet das Genöle von Neil Young durch den Kopf geisterte.

Vielleicht, weil Walther mich so oft damit gequält hat. Immerhin gab der Titel ein gutes Motto ab. Sonst ist der göttliche Ludwig van eher mein Fall. Auf Synthesizer. Wie in „Clockwork Orange".

Ich checkte die Spielwiese. Außer zwei Türkenmuttis und einem schmalbrüstigen Neger, die am anderen Ende des Waggons saßen und sofort ganz verschreckt wegguckten, atmete das Abteil nur Tunnelluft. Der Wagen vor uns war leer. Der hinter uns auch. Die Arena gehörte mir.

Ich pflanzte mich ins Eck. Direkt vor den Barden. Breitbeinig, aber so, dass ich die Tür im Blick hatte. Sein bleiches Krötengesicht wirkte noch blasser als sonst. Das lag am Kunstlicht. Oder der fehlenden Gitarre. Entweder er reiste ohne oder irgendwer hatte dem Jaulen endlich ein Ende gemacht und der Schrammelklampfe den Hals gebrochen. Mit dem Teil stand er sonst an der Kellinghusenstraße, belagerte den Eingang zur U-Bahn, die fettigen, halblangen Haare hinter viel zu groß geratene Ohren geklemmt, und greinte ebenso laut wie falsch irgendwelchen ausgelutschten Popschrott. Ein grotesker Zombie, der höchstens drei Akkorde beherrschte und keine englische Silbe korrekt aussprechen konnte. Der ideale Kandidat. Doch am Bahnhof war immer zu viel Betrieb. Öffentlichkeit ist übel. Da taucht die Schmiere immer garantiert dann auf, wenn's anfängt, spannend zu werden. Nun allerdings waren wir zwei ungestört. „Tonite's the nahahahight…"

„Kaltblütigkeit könnt ihr nicht lernen", erklärte Maik mal, als Brandauer ihn bei einer Vollkontaktübung danach fragte. „Ihr könnt Techniken lernen, euch die Varianten aneignen und sie so lange wiederholen, bis ihr sie im Schlaf beherrscht. Aber erst am Tag X werdet ihr merken, ob ihr aus dem nötigen Holz geschnitzt seid." Kurz darauf, als ich unter der Dusche war, blieb er neben mir stehen und lächelte schmal. „Hat mir gefallen eben. Du steckst was weg und stehst gleich wieder auf der Matte." „Danke." „Bleib dran." Er wandte sich ab. „He Maik…" „Was denn?" „Das da vorhin, was Brandauer wissen wollte, das mit dem Kehlkopfschlag …". Maik ist ein sehniger Typ, durchtrainiert und ziemlich muskulös, der trotz seiner zweiundvierzig kein überflüssiges Gramm Fett hat. Wenn er grinst, erinnert er mich immer ein bisschen an Willem Dafoe. Nun grinste er. „Wieso interessiert dich das?" „Andy sagt, wer wirklich gut sein will, sollte den mal ausprobieren." „Hör nicht auf dieses Gewäsch." „Aber Andy…" „Redet viel, wenn der Tag lang ist. Weil er nicht das Zeug dazu hat. Höchstens mit fünf Kumpels im Rücken. Unter anderthalb Promille…" Er legte den Kopf in den Nacken und schob die Unterlippe vor. „Merk dir eins, Lennie: Die meisten halten sich für härter als sie sind. Aber drüber zu reden und es zu tun sind zwei Paar Schuhe. Was wirklich in dir steckt, weißt du immer erst hinterher." Er wollte abgehen. „Und was, wenn du wirklich gut bist?" Er sah mich einen Moment lang an. „Dann machst' das im Alleingang. Ohne Stoff." Seit diesem Tag will ich es wissen.

Der Barde musterte mich kurz, dann floh sein Blick gleich wieder aus dem Fenster. Ich fischte mein Butterfly aus der Tasche, klappte es auf und fing an, mir die Halbmonde unter den Fingernägeln zu putzen. Nicht, dass die verdreckt wären. Ich lege Wert auf Sauberkeit. Aber ich wollte ihn erst mal reif machen. Er sollte mitkriegen, was auf ihn zukam und noch ein bisschen Achterbahn fahren. Dann, kurz vorher, würde ich das Messer wieder einstecken, so, als ließe ich ihn noch mal davonkommen, um im selben Moment, wo er sich entspannt hatte, zuzuschlagen. Ich hatte die Szene tausend Mal im Kopf durchgespielt. Trotzdem spürte ich, dass ich nervös war. Mein Puls rauschte, meine Handflächen fühlten sich nass an und das Butterfly zitterte. Vermutlich das Adrenalin. Also versuchte ich mich auf den linken Daumennagel zu konzentrieren und kühl zu bleiben. Flach atmen, sagte ich mir. Ganz ruhig. Du musst kalt sein. Eiskalt. „Hübsches Messer", hörte ich da. „Kannst auch damit umgehen?" Seine Stimme klang überraschend fest. Ganz anders, als wie wenn er sang. Ich sah auf. Ihm direkt in die kleinen, wässrigen Krötenaugen. Da war etwas an seinem Blick, das mich störte. Irgendwas fehlte. Etwas ziemlich Entscheidendes. Die Angst.

„Denke schon…" sagte ich langsam. Es sollte sich drohend anhören, doch aus irgendeinem Grund waren meine Stimmbänder verschleimt. „Hast schon mal damit zugestochen?" Die Frage erwischte mich kalt.

„Wie bitte?" „Ob du schon mal damit zugestochen hast, will ich wissen." Seine Tonlage blieb neutral. Gelbgraue Augen fixierten mich. Klein, lauernd und beinahe spöttisch. Verdammt. Ja, das war Spott. Wut kochte in mir hoch. Wart's ab, Schweinebacke. Das wird dir gleich vergehen. „Wieso interessiert Sie das?" Das „Sie" kam völlig unabsichtlich. Es purzelte mir einfach so aus dem Mund. Ich merkte, wie ich rot wurde und unwillkürlich die Augen niederschlug.

Dabei siezt man solchen Abschaum nicht. „Es gibt ziemlich viele Irre in der Stadt", grinste er. „Man muss sich vorsehen." Er entblößte große, gelbe Zähne.. „Ich mach Musik", schob er dann nach. „Auf der Straße und in der UBahn. Aber das weißt du ja. Bist ja schon öfters an mir vorbeigetrabt, wenn ich gespielt hab…" Er pausierte zwei Sekunden, so, als erwarte er eine Reaktion. Verflucht, dachte ich. Er kennt dich. Er erinnert sich daran. Und er ist sauer. „Einmal hast du ausgespuckt", hörte ich ihn sagen. „Direkt neben mein Gitarrenetui. Das war an der Kellinghusenstraße. Oder weißt du das nicht mehr, weil du grundsätzlich vor Leuten ausspuckst, die in der U-Bahn spielen und nicht so teuer angezogen sind wie du?" Auf einmal war das Grinsen erstarrt. Und das, was ich da in seinen Augen las, war echter Hass. „Warum antwortest du mir nicht?" Ich hob die Schultern und verzog keine Miene. Aber mein Rücken brannte. Die Sache war schon Monate her. Ganz harmlos. Nur eine beiläufige Geste. Mein üblicher Assiqualtzer. Ich hatte mir nichts weiter dabei gedacht. „Na los, spuck es aus", bohrte er. „Weshalb hast du kleiner Pisser mir vor die Füße gerotzt?"

Er nennt mich wirklich „kleiner Pisser". Doch aus irgendeinem Grund bin ich gar nicht empört. Stattdessen beschleicht mich ein ganz komisches Gefühl. Als drehe mir jemand den Saft ab. Ich bin plötzlich gar nicht mehr in Stimmung. Vielleicht sollte ich einfach nach Hause fahren. Zu meiner Playstation. Oder noch ein bisschen ins Netz. Dann, als ich so in seine Augen sehe, registriere ich ein eigenartiges Flackern. Der hat längst geschnallt, warum ich hier sitze, denke ich. Trotzdem zeigt er keine Furcht. Im Gegenteil. Es scheint ihm sogar Spaß zu machen. Irgendwas läuft hier gewaltig schräg.

Es ist ein Fehler gewesen, in diesen Waggon zu steigen. Schließlich hat der Typ mir wirklich nichts getan. All das Geprahle von Andy und Brandauer ist sowieso nur Sülze. Sagt selbst Maik. Der rechte Arm des Barden zuckt. Nur eine kurze Bewegung. Plötzlich liegt ein Bowie Messer auf seinem Schoß. Er hält es ganz locker in der Rechten.

Offenbar trägt er das Ding in der Parkatasche. Ich bin einigermaßen fassungslos, wie er so fix aus der Scheide bekommen hat. Es ist ein fettes Teil. Beinahe ein Bajonett. Vor Überraschung oder Schreck oder beidem lasse ich das Butterfly los. Es glitscht mir aus den Fingern und plumpst auf den Boden. Dem Barden direkt vor die Stiefel. Er tritt mit der Sohle darauf und grinst.

Mein Mund ist auf einmal ganz trocken und mein Nacken heiß. „Ich weiß es nicht", würge ich. „Du weißt es nicht?" „Nein." Sein Gesicht verzieht sich zu einer höhnischen Grimasse. „Aber ich. Soll ich's dir verraten? Weil du ein erbärmlicher Hosenscheißer bist. Du glaubst du bist stark, wenn du Schwächere quälst. Dabei beneidest du bloß alle, die sich nicht genauso beschissen fühlen wie du..." Die U-Bahn bremst.

Sein Gesicht entspannt sich, während er die Klinge spielerisch über den Breitkord der Hose gleiten lässt. Ich teste den linken Handballen. Zum Draufstützen wenn ich hoch springe. Dummerweise sitze ich falsch. So wie ich mich vor ihn hingehockt habe, lande ich direkt in seiner Klinge. „Schön ruhig bleiben", zischt er leise. „Wir fahren noch ein Stück zusammen." In diesem Augenblick spüre ich die Angst. Wie eine kalte Pranke im Genick. Er hat Recht. Es gibt viele Geisteskranke in der Stadt. Echte Psychopathen. Die sehen völlig harmlos aus. So wie er. „Es tut mir leid", stottere ich. „Ehrlich…" Der Barde schnalzt tadelnd mit der Zunge. „Du bist nicht der erste von deiner

Sorte", sagte er dann nachdenklich, während sein Blick in den hinteren Teil des Wagens gleitet, „und du wirst auch nicht der letzte sein." Die Lichter der Station rieseln durch den Waggon. Stahl kreischt. Der Zug hält ruckend an einem menschenleeren Bahnsteig. Rechterhand das „König der Löwen" Plakat. Ich höre he lles Zischen, als im hinteren Teil des Wagens die Tür aufgeht, wende den Kopf und sehe, wie. die zwei Türkinnen und der Schwarze aussteigen. Sie streben ohne einen Blick auf mich zu verschwenden zur Treppe.

Wir sind allein. Keine Menschenseele mehr weit und breit. Tonite's the nite… Das nennt man Ironie des Schicksals. Scheiße. So hatte ich mir das nicht vorgestellt. Ich muss auf der Stelle raus. Sonst komme ich nicht mal mehr bis Ohlsdorf. Vielleicht noch zehn Sekunden, dann rauschen die Türen wieder zu und ich sitze in der Falle. Zehn Sekunden sind eine lange Zeit. In zehn Sekunden laufen manche hundert Meter. Ich brauc he bloß vier zu schaffen. Vier Meter bis zur Tür. Doch ich bin wie gelähmt. Mein Herz rast und in den Ohren ist Watte. Fast so wie früher, wenn Rüdiger mich in die Mangel nahm. Da. Getrappel auf dem Bahnsteig. Jemand läuft in unsere Richtung. Als der Lautsprecher bereits quäkt, poltern Schritte hinten durch den Waggon.

Während die Türen knallen und der Zug anrollt. „Lennart!" Hätte mir einer vor fünf Minuten prophezeit, dass ich mich je freuen würde, wenn ich Walther sehe, hätte ich ihn mindestens für verrückt erklärt. Jetzt spüre ich bloß Erleichterung. Walther kommt schwer atmend durch den Gang auf mich zu, in der Hand die Packung mit den vergessenen „Prince".

„Ich konnte dich so nicht gehen lassen. Aber war nicht schnell genug. Hudtwalker hab ich dich noch gerufen, doch da stiegst du schon ein." Er ist mitgefahren, mir hinterher. Der Zug ist lang. Es hat gedauert, bis er bei meinem Abteil angelangt ist. Bloß wegen der Geste. Dabei verabscheut er Zigaretten, seit er es selber aufgegeben hat. Verehrte EU-Gesundheitsminister: Schaffen Sie die schwachsinnigen Aufdrucke ab. Rauchen kann Leben retten. „Danke", sage ich bloß.. Walther setzt sich, streift den Barden mit einem prüfenden Blick und deutet ein Nicken an.

Der Barde lächelt und nickt zurück, bevor er wieder aus dem Fenster sieht. Genauso unbeteiligt wie vorhin. Sein Schoß ist leer. Auch mein Butterfly ist auf wundersame Weise verschwunden. Walther sagt, dass er mich noch ein Stück bringt. Ich habe nichts dagegen. Als der Zug abbremst und wir in Ohlsdorf einrollen, streift der Barde sein Haar hinters Ohr und erhebt sich. Im Aufstehen fragt er mich: „Ist das dein Vater?" „Ja", sage ich. „Da hast du aber Glück..." Er grinst süffisant. „Na dann. Bis zu nächsten Mal…"

Klaus von Hollen

Tageskarte

„There is a House in New Orleans..."

„Gott, kennt dieser Mensch denn keine Gnade?" Seit drei Stationen quält er uns und seine Gitarre mit dem Versuch Eric Burdon & the Animals zu imitieren. Ich strecke ihm einen Euro entgegen. Er strahlt, fühlt sich ermutigt, will zu Improvisation übergehen. Doch mein Blick lässt keine Fragen offen. Mit versteinerter Miene verzieht er sich in den hinteren Teil des Waggons, ganz gekränkte Eitelkeit.

Der Waggon in dem ich sitze, ist ein älteres Modell bei dem man nicht in die anderen Waggons sehen kann. Er ist spärlich besetzt, bietet aber dennoch einen repräsentativen Querschnitt der Gesellschaft. Zwei, drei Anzugträger, die mit wichtiger Miene ihre Aktenkoffer auf und zu klappen, als enthielten sie statt Apfel und Bild-Zeitung Staatsgeheimnisse von höchster Brisanz. Ein Kind, dessen Mutter gelangweilt aus dem Fenster guckt, dreht sich seit geraumer Zeit um die Haltestange und quietscht dabei vor Vergnügen. Wie einfach diese Wesen doch glücklich zu machen sind. In der Reihe gegenüber sitzt eine alte Frau mit langen weißen Haaren. Unter ihrem Mantel verbirgt sie einen Gegenstand, den sie so krampfartig festhält, dass es sich dabei nur um eine Büchse mit ihren Ersparnissen handeln kann. Sie hat blaue Augen und die zahlreichen Falten in ihrem Gesicht erzählen von einem bewegten Leben. Sie murmelt etwas vor sich hin. Ich konzentriere mich um etwas aufzuschnappen, aber außer dem Namen Erwin kann ich nichts verstehen „There is a House in

New Orleans..." Es gibt eine Zugabe um die niemand gebeten hat. Junge hat Dir schon mal jemand gesagt, dass man wenigstens die Gitarre vorher stimmen sollte?

Die U-Bahn fährt in den Bahnhof ein. Die Mutter will aussteigen und fordert das Kind auf sich zu beeilen. Dies jedoch hat Besseres zu tun und beobachtet die alte Frau. „Mit wem redest Du denn? Da sitzt doch gar keiner" Die Frau lächelt verlegen, sucht nach einer Antwort. Doch bevor ihr etwas einfällt, platzt der Mutter der Kragen. Sie zerrt ihren Sohn auf den Bahnsteig. Das Kind fängt an zu brüllen. Wie einfach diese Wesen doch unglücklich zu machen sind. Der Gitarrenspieler, der offensichtlich auch bei den anderen Fahrgästen jeglichen Kredit verspielt hat, wechselt den Waggon. „Herr Deine Güte ist unendlich" ,denke ich und überlege für einen kurzen Moment mal wieder in die Kirche zu gehen. Ein Mann mit einer Bierdose in der Hand steigt ein und lässt sich krachend auf den Sitz fallen. Sein Gesicht und seine Unterarme sind mit Tätowierungen übersät. Sie sind sowohl von einem Profi angefertigt, als auch eigenhändig mit Messer und Tinte. Sekunden später ist ein röhrendes Schnarchen zu vernehmen. Ein Paar steht vor der offenen Zugtür und ist sich nicht ganz schlüssig, ob es einsteigen soll oder nicht.

Schließlich entscheiden sich die beiden dafür und setzen sich auf den Platz mir gegenüber. Der Mann ist kreidebleich und zittert vor Aufregung. „Wo ist deine Angst jetzt auf der Skala von 1 bis 10" , flüstert die

Frau, und nimmt ihn in den Arm. Er flüstert irgendetwas Unverständliches. „Na das ist doch gar nicht schlecht" , sagt sie aufmunternd. „Dann machen wir es genauso wie besprochen. Ich fahre zwei Stationen mit dir, steige dann aus und treffe dich in zwanzig Minuten in Mümmelmannsberg. Mach dir keine Sorgen. Du wirst das schon packen."

„Zwei Stationen noch, dann haben Sie es geschafft." Meine Worte erreichen ihn nicht mehr. Ohne seine Psychologin ist der Mann hilflos und hockt zusammengekauert zwischen zwei Sitzreihen. Auf seiner Skala müsste er mittlerweile bei Hundert angekommen sein. „Was ist denn mit dem? Epileptischer Anfall?" „Nee, dann würde der mehr zucken. Der bekämpft seine Angst vorm U-Bahnfahren mit U-Bahnfahren. Ich hab vorhin mitgekriegt, wie der mit seiner Therapeutin..." Abgesehen von dem selig schlummernden Säufer hatten sich sämtliche Fahrgäste eingefunden um den armen Kerl zu begutachten. „Na ja, scheint nicht wirklich an zu schlagen." „Könnten sie die Fachgespräche vielleicht auf ihren Plätzen fortführen?" mische ich mich ein. „Wenn Sie weiter hier herumstehen, dreht der Typ noch völlig durch." Nach einigen Minuten guten Zuredens gelingt es mir tatsächlich den Mann soweit zu stabilisieren, dass er sich wieder auf einen der Sitze begibt. „Ich bleibe bei Ihnen. Es kann wirklich nichts passieren." Er wird merklich ruhiger. Offensichtlich scheint er mir zu vertrauen.

Zu früh gefreut. So als hätte ich Murphy persönlich darum gebeten mir sein Gesetz zu demonstrieren, gibt es Sekunden nachdem ich meine Ansprache beendet hatte einen lauten Knall. Die U-Bahn kommt mit einem heftigen Ruck zum Stehen. Mit einem Schlag herrscht völlige Dunkelheit. Selbst nach der Eingewöhnungszeit für die Augen ist nichts zu erkennen. Man muss sich voll und ganz auf seine Ohren verlassen. „Was... Was ist los?" Mein Gegenüber fängt an hysterisch zu werden. „Wie kann man so jemanden bloß alleine U-Bahn fahren lassen. Die Therapeutin hat ihre Zulassung wohl im Lotto gewonnen", bemerkt einer der Mitreisenden.

„Sinn wir schonn daa?" Der Säufer ist wieder zu sich gekommen. „Nee, wir haben einen Stromausfall", erwidert eine Frauenstimme, die wahrscheinlich von der alten Dame mit dem Gegenstand unter dem Mantel kommt. „Das wird wohl noch dauern." Außer dem Wimmern des Angstpatienten ist nichts zu hören. Erstaunlicherweise kommt es zu keiner Panik. Alle Fahrgäste scheinen auf ihren Plätzen zu bleiben. Nach einer halben Ewigkeit, zumindest kommt es mir so vor, wird die Tür von außen geöffnet und ein Mann mit einer Taschenlampe, wahrscheinlich der Zugführer, betritt den Waggon. „Meine Damen und Herren. Es tut mir leid. Wir haben einen größeren Schaden im elektrischen System, der sich in absehbarer Zeit nicht reparieren lässt. Deshalb muss ich Sie und die anderen Fahrgäste durch den Tunnel zur Endhaltestelle führen. Bitte machen Sie sich bereit." Das Wimmern wird wieder lauter und unterbricht die Ausführungen des Zugführers. „Was ist hier denn los?" fragt er in die Runde.

„Wir haben einen Psychopathen im Waggon", ruft ein panischer Fahrgast. „Oh Gott, ist der bewaffnet, dann muss ich die Polizei..." Der Zugführer fummelt hektisch an seinem Funkgerät herum. „Nein", beruhige ich ihn. „Der Mann ist völlig harmlos. Er kann sich vor Angst kaum bewegen." „Versteh ich nicht. Warum denn?" Die alte Frau kommt mir zur Hilfe. „Der Mann macht eine Verhaltenstherapie. Er hat Angst vorm U-Bahnfahren und muss, um diese Angst loszuwerden, U-Bahnfahren." „Na, dann wird es ihn ja freuen, dass er aussteigen darf. Wo ist er denn?" Mit der Lampe sucht der Zugführer die Sitzreihen ab.

„Hal-lo. Ver-ste-hen Sie mich. Wir ha-ben ei-nen Strom-aus-fall" Ich tippe dem Zugführer auf die Schulter. „Sie können ruhig normal reden. Der Mann hat eine Angstneurose. Er ist nicht blöd." „Na gut. Sie müssen jetzt aufstehen und aussteigen. Die U-Bahn kann nicht weiterfahren." Der Mann richtet sich auf und starrt dem Zugführer ins Gesicht. Schweißperlen sind auf seiner Stirn zu sehen. „Da raus. In den Tunnel?" Der Zugführer nickt. „Nein. Niemals. Das halte ich nicht aus. Soweit bin ich noch nicht." „Darauf kann ich keine Rücksicht nehmen. Sie können nicht alleine hier bleiben." „Nein. Ich kann da nicht raus." Der Zugführer wird ungeduldig. „Stehen Sie endlich auf." „Lassen Sie mich mal mit ihm reden", sage ich. „Vorhin hat es ganz gut geklappt." Widerwillig lässt er von ihm ab. „Also gut. Aber beeilen Sie sich. Ich hab hier noch 50 andere Leute, die langsam unruhig werden."

10 Minuten später ist es vollbracht. Ich sage dem Zugführer, dass es losgehen kann. Auf wackeligen Beinen und mit beiden Händen an meiner Jacke festgekrallt, hat sich der Mann in die Schlange der Fahrgäste eingereiht die sich langsam in Richtung Waggontür bewegt. Direkt hinter uns ist die alte Frau. Der Zugführer ist draußen, leuchtet in den Wagen und hilft den Fahrgästen beim Aussteigen. Vor uns in der Schlange geht ein Mann. Der Alkoholfahne nach zu urteilen, ist es der Säufer mit der Bierdose. Kurz vor der Waggontür dreht er sich auf einmal um. „Wegen deiner blöden Show sinn wir immer noch hier unden. Pass bloß auf, dass du dir im Tunnel keine Beulen holst." Ein hämisches Lachen ist zu vernehmen. „Ich geh da nicht raus", brüllt mein ängstlicher Begleiter, lässt mich los und rennt in seiner Panik die alte Frau um. Der Gegenstand unter ihrem Mantel entgleitet ihren Händen und zerbricht scheppernd auf dem Boden. „Oh mein Gott, Erwin", ruft sie und fängt zu schluchzen an. „Was ist denn nun schon wieder los?" Der Zugführer, kurz vor einem Tobsuchtsanfall, kommt zurück in den Waggon. „Zum letzten Mal" brüllt er, „Steigen Sie aus oder Sie werden mich kennen lernen." „Ich geh nicht ohne Erwin", gibt die Frau in gleicher Frequenz zurück. „Erwin? Wer verdammt noch mal ist Erwin?" Irritiert sucht der Zugführer mit der Lampe

den Waggon ab. Schließlich fällt das Licht auf den Fußboden und er entdeckt einen Haufen graues Pulver inmitten schwarzer Scherben. „Das sind die Überreste von meinem Erwin“, kreischt die Frau „Wagen Sie nicht sie anzurühren!“ „There is a House in ...“ Schiefe Akkorde dringen durch die Waggontür herein. „Halt endlich dein Maul“, hört man jemanden brüllen.

Im gleichen Moment hämmern Fäuste gegen die Scheiben des Waggons. „Geht das hier jetzt endlich los?“ kreischt von draußen eine Frauenstimme. Langsam wird die Lage bedrohlich. Der Zugführer muss sich setzen und sagt zu mir: „Entweder die beiden Verrückten kommen jetzt sofort mit, oder ich führe die restlichen Fahrgäste ohne sie aus dem Tunnel. Sie hören ja was da draußen los ist.“ „Ich bleibe hier“, erwidere ich „Gehen Sie mit den anderen vor! Irgendwann werden Sie und der Strom ja zurückkommen.“ „Danke“, stöhnt er erleichtert. „Vorne unter der ersten Sitzbank ist ein Fach mit Werkzeug für den Notfall. Da müsste auch eine zweite Taschenlampe zu finden sein.“

15 Minuten später sind wir allein im Waggon. Die Taschenlampe hat glücklicherweise frische Batterien und spendet uns ausreichend Licht. Der Mann mit der Angstneurose ist wieder etwas ruhiger und hat sich zwei Reihen von uns entfernt niedergelassen. Die alte Frau hockt noch immer auf dem Boden. In ihrer linken Hand hält sie eine größere Scherbe der Urne und streichelt sanft mit dem Zeigefinger der rechten Hand darüber. Ich krame in

meinem Rucksack und hole eine Plastiktüte heraus. „Es ist zwar nicht besonders pietätvoll, aber für den Moment, denke ich, wird es reichen." Sie lächelt. „Danke. Ich nehme ihn auf jeden Fall mit und lasse nicht zu, dass er in einem Wischmob endet." „Darf ich fragen, warum Sie die Urne nicht in ihrer Stube gelassen haben?" „Erwin und ich waren 55 Jahre verheiratet. Die U-Bahn war sein Leben. Während der ersten 40 Jahre saß er vorne im Führerhaus und ich im Waggon direkt hinter ihm. Wir haben keine Kinder, so dass ich ihn sehr oft begleiten konnte. Nachdem er pensioniert wurde, sind wir immer zusammen durch die Gegend gefahren. Als er vor 6 Jahren schließlich gestorben ist, konnte ich nicht von unserem Hobby lassen und habe ihn einfach mitgenommen. Mir blieb ja auch gar nichts anderes übrig. Die Hochbahn wollte ja nicht, dass ich seine Asche auf ihrem Betriebsgelände ausstreue." „Wie konnten Sie die Urne denn überhaupt mit nach Hause kriegen? Die müssen doch auf ′nem Friedhof bestattet werden?" „Ganz einfach. In Holland wird sie einem nach der Einäscherung übergeben. Und an der Grenze wurde ich nicht kontrolliert."

„Können Sie mal die Taschenlampe halten, während ich die Asche in den Beutel fülle?" Der Angstpatient hatte sich inzwischen wieder zu uns gesellt. Er ist immer noch ziemlich bleich um die Nase, aber wieder ansprechbar. „Mein Name ist übrigens Harald", sagt er und streckt uns seine Hand entgegen. „Elfriede", sagt die alte Frau.

„Ich heiße Frank", sage ich. „Geht es Dir denn jetzt besser?" „Wenn man solange einer Situation ausgesetzt ist, aus der man nicht entfliehen kann, dann lässt die Angst irgendwann von selber nach." Mir fällt ein, dass ich noch ein Gummiband in meiner Tasche habe, und verschließe die Tüte mit dem pulverisierten Erwin. „Was wollen Sie jetzt damit tun. Einfach so weitermachen wie bisher?" „Am liebsten würde ich ihn hier unten irgendwo lassen. Das hätte ihn bestimmt glücklich gemacht. Aber es müsste schon eine Stelle sein, die ich wiederfinden könnte." Kurze Zeit später kommt der Strom zurück.

Die Beleuchtung im Waggon sorgt dafür, dass man auch im Tunnel etwas erkennen kann. Ich entdecke ein Schild, das den verirrten Fahrgast darauf hinweist, dass es noch 1500 Meter zum nächsten Notausgang sind. „Hier wäre doch eine gute Stelle" schlage ich vor. „Diesen Punkt finden Sie garantiert wieder." Die alte Dame ist einverstanden. Der ehemalige Angstpatient, inzwischen übermütig geworden, öffnet die Tür und will herausspringen. Wahrscheinlich um der alten Frau beim Aussteigen zu helfen. „Pass auf Harald!" hält sie ihn lautstark zurück „sonst trittst du auf den Stromabnehmer und dann wäre die ganze Therapie umsonst gewesen." Während ich aus dem Werkzeugfach eine kleine Schaufel heraushole, ist die alte Frau bereits ausgestiegen und hilft nun ihrerseits unserem ehemaligen Sorgenkind. Ich hebe ein kleines Loch direkt unter dem Hinweisschild aus und die alte Dame streut die Asche von Erwin hinein. Nach einer Gedenk-minute schütte ich das Loch wieder zu und wir begeben uns zurück zum Waggon. „Jetzt müssen wir nur noch auf den Zugführer warten“, bemerkt Harald. „Dann ist die Geschichte hier endlich vorbei“, Elfriede fummelt an der Innentasche ihres Mantels herum und holt einen Schlüssel heraus. „Nicht nötig. Wir können den Zug auch selber zurückfahren.“ Harald und ich gucken uns an, kriegen den Mund nicht wieder zu. „Erwin und ich hatten kaum ein anderes Thema als U-Bahnen“, fährt sie fort. „Ich kann Euch heute noch alle technischen Daten aufsagen und selbstverständlich weiß ich, wie man einen Zug zum Fahren bringt. Aber nun hört auf zu fragen und kommt mit nach vorne. Ich möchte endlich nach Hause.“ „Aber woher hast Du denn den Schlüssel“, fragt Harald. „Tja, da hat die Hochbahnverwaltung wohl geschlafen. Sie hat den Schlüssel nie von Erwin zurückgefordert und da haben wir ihn halt als Andenken behalten.“

„Und wie sieht es aus, Harald? Willst Du fahren? Sozu-sagen als krönenden Abschluss deiner Therapie“, Elfriede zwinkert ihm zu. „Wenn er nicht will, ich mache es gerne“, rufe ich und will mich auf den Fahrersitz drängen. „Nein, lass ihn steuern. Für ihn ist das viel wichtiger.“ Schweren Herzens füge ich mich. Harald sträubt sich. Ich habe wieder Hoffnung, aber dann lässt er sich doch überreden und setzt sich hinter das Schaltpult. „Es ist ganz einfach“, sagt Elfriede „Der Schlüssel steckt ja schon. Jetzt brauchst du nur noch den roten Knopf zu drücken und den großen Hebel langsam nach unten ziehen." Mit einem Ruck setzt sich die U-Bahn in Bewegung. Nach circa 50 Metern sehe ich eine Gitarre, die auf den Gleisen liegt. Der Zug rollt langsam darüber hinweg.

Linie Ziel   Gleis Abfahrt
U3 Mümmelmannsberg   3   6 Min
U3 Barmbek   4   9 Min

Tim Cortinovis
Tunnelgänger

Kalt ist es an Tagen wie diesen und man muss sich etwas einfallen lassen, um sich warm zu halten. Die Türen schlagen zu. „Die Fahrkarten bitte!“ Alle drehen sich zu Harry um. Ein paar der Fahrgäste lehnen sich entspannt zurück, als sie sehen, dass es nur ein Bettler ist, der sie in ihrem morgendlichen Halbschlaf auf dem Weg zur Arbeit stört.

Durch die kleine Einlage hat er sich etwas Aufmerksamkeit gesichert und die Leute haben Zeit, ihre Portemonaies zu zücken, bis er bei ihnen ankommt. Er steckt ein, was er bekommt. Einige geben ihm und sehen ihm dabei freundlich in die Augen, andere geben und sehen verschämt zur Seite. Die meisten geben natürlich nichts, ist ja klar, Harry würde auch keinem Bettler was geben.

An den Landungsbrücken wechselt er, wie immer, die Linie. Als er um die Ecke biegt sieht er Walter, den Penner auf sich zukommen.

„Guten Morgen Walter! Du auch hier?“ „Scheiße, Mann, wo glaubst du sollte ich sonst sein? Du bist so ein Arschloch!“

„Du auch Walter, das wissen wir ja. Der Tunnel könnte so schön sein, wenn nicht solche Versager wie Du hier herumlaufen würden. Das ich dich hier treffe versaut mir schon den ganzen Tag. Du bekommst doch nichts auf die Reihe!“

„Aber du, ja? Hältst dich für etwas besseres. Du bist aber nicht mehr DDR-Grenzkader und kannst keine Leute mehr schikanieren!“

„Schikanieren? Ich habe die öffentliche Ordnung aufrecht erhalten! Und Subjekte wie Dich in den Zug gesetzt und in den Westen abgeschoben, das einzige, was man mit solchem Dreck wie Dir machen sollte.“

„Die Zeiten haben sich geändert, und Du bist genauso ein Penner wie ich! Hau ab Mann!“ „Hau Du doch ab! Der Tunnel gehört allen.“

Walter macht einen Schritt auf Harry zu und hebt die Weinflasche, die er in der Hand hält. Harry bleibt nur noch die Flucht. „Geh doch...“ hört er noch von Walter, der Rest geht im Kreischen der Züge unter, das von oben zu hören ist. Sogar von solchen Idioten wie diesem Walter musste man sich jetzt schon anmachen lassen.

Ja, damals, da hätte man den, ruck zuck, ab nach Bautzen oder gleich in'n Westen verfrachtet. Aber so? Erst die Wende, dann der miese Job in dieser Sicherheitsfirma, solange bis seine Frau ihn unbedingt mit seinem Chef betrügen musste. Statt Bedauern gab's von diesem reichen Wessi-Schwein dann die Kündigung. Jetzt muss was geschehen, jetzt wird nicht mehr eingesteckt, jetzt wird zurückgeschlagen! Und Harry hat eine Idee, einen grandiosen Einfall.

Also rüber zur S-Bahn, die ist dafür mit ihren alten Zügen viel besser geeignet, als die U-Bahn. Harry stellt sich auf den vollen Bahnsteig, wartet bis der erste Zug kommt. Nein, viel zu neu. Sonst setzen die vom HVV doch auch nur das letzte Gelumpe ein. Heute ist aber auch wirklich kein guter Tag. Erst der fünfte Zug, der hält, ist ein älteres Modell. Harry geht den schmalen Gang des Waggons bis zum Ende durch, bis sich sein Blick mit dem einer jungen Frau trifft, die ihn kurz ansieht. Was guckt die so arrogant? Das wird sie büßen.

Harry setzt sich dicht neben sie. Sie vergrößert den Abstand zwischen sich und Harry so gut es eben geht. Der Zug fährt an, draußen wird es dunkel.

„Wissen Sie eigentlich, wie alt dieses Tunnelsystem ist?“ fragt Harry sie. Die Frau hält die Zeitung, in der sie liest, ein wenig höher. Gegenüber sitzt eine Mutter mit ihrem Kind. Der Junge sieht ihn interessiert an.

„Zum Teil ist es noch aus dem 19. Jahrhundert und der HVV macht wenig. Interessiert Sie nicht? Lesen lieber den Schmutz, den die Arschlöcher in der Zeitung verbreiten? Nee, ist ja auch nur ein stinkender Penner der hier neben Ihnen sitzt und die gleiche Luft atmet. Haben Sie denn wenigstens mal einen Euro?“

Nichts passiert. „Und, was ist jetzt?“, fragt Harry nach. „Sogar in den neueren Tunnel kommt es zu Bränden, wie letztes Jahr in Harburg. Stellen Sie sich vor, was passiert, wenn es hier jetzt brennt!“

Die Frau sieht über den Rand ihrer Zeitung und sucht mit den Augen nach freien Plätzen. Ausweglos, Schätzchen! Alles besetzt! Dafür ist der Junge jetzt ganz Ohr. Harry streckt die Hand aus und biegt die Zeitung nach unten. „Glauben Sie wirklich, dass auch nur ein einziger von uns lebend diesen Tunnel verlässt? Also ich nicht.“

Der Junge greift nach der Hand seiner Mutter, die neben ihm sitzt und Harry jetzt giftig anblickt. Die junge Frau faltet die Zeitung zusammen, steht auf und stellt sich in den Gang. Ein leichter Ruck geht durch den Zug. Auch Harry steht auf und stellt sich wieder neben die junge Frau. „Erst bleibt der Zug stehen, dann wird es dunkel und man kann nicht mehr atmen, weil die Luft fehlt."

Harry schnuppert. „Riechen Sie das auch, riecht es nicht nach Rauch?" Die junge Frau ignoriert ihn weiter und macht ein paar Schritte nach vorne. Harry dreht sich jetzt zu dem Mann im Anzug, der ihn anstarrt, seit er aufgestanden ist.

„Riechst Du nicht den Rauch?" Das Gemurmel der wenigen Fahrgäste, die sich unterhalten hatten, wird leiser, Harrys Stimme steigert sich. „Riecht ihr ihn nicht, den Rauch?" „Jetzt ist aber mal gut!" ruft ein Mann vom hinteren Ende des Waggons und steht auf. „Ja genau!" pflichtet ihm ein anderer bei, „Was soll das, warum versuchst Du den Leuten Angst einzujagen? Kannst Du uns nicht in Ruhe lassen?"

Von hinten drängelt sich ein Mann mit filziger Lokkenmähne und Gitarre durch. „Hey Leute, nur mal schön geschmeidig bleiben. Ich habe hier einen Song für euch." Und er fängt an *Über den Wolken, muss die Freiheit wohl grenzenlos sein....* zu singen. In diesem Moment kreischen die Bremsen und der Zug kommt mit einem Ruck zum Stehen. Das Licht flackert kurz und geht dann aus. Ein Mann ruft: „Hier riecht es nach Rauch!" und es ist zu hören, dass viele der Fahrgäste von den Sitzen aufspringen und in Richtung der Ausgänge laufen. Jemand rüttelt an einer der Türen, ein anderer stolpert und kann sich gerade noch an Harry festhalten.

Nach einem kurzen Moment geht das Licht wieder an. Erleichtertes Aufatmen geht durch den Waggon bis eine Frau mit Akzent schreit: „Unser Koffer! All unser Geld! Man hat gestohlen unser Koffer."

Weinend hält sie sich an ihrem Mann fest, der fassungslos neben ihr steht. In diesem Augenblick fährt der Zug wieder an und erreicht kurz darauf die nächste Halstestelle. Harry wendet sich ab. Widerlich, kommen mit nichts auf der Naht nach Deutschland, leben von meinem Geld und behaupten dann auch noch, beklaut worden zu sein.

Schnell weg hier, war´n verdammter Scheißeinfall – so geht's auch nicht. Als Harry endlich durch das Gewühl durch ist und auf dem Bahnsteig steht, sieht er, wie das Ehepaar aussteigt und sich auf eine der Bänke setzt.

Haben die nicht eben was von Geld geschrien? Das ist es, da ist Geld zu holen. Harry geht auf das Paar zu und sagt: „Na, konntet ihr nicht besser auf euer Zeug aufpassen? In dem Koffer war doch bestimmt nichts Wertvolles, da wo ihr herkommt, gibt's doch nichts."

Traurig sieht der Mann ihn an und zuckt mit den Schultern. Sein Frau kommt ihm zu Hilfe: „Als eben Licht aus, man hat Koffer gestohlen von uns. Wir extra aus

Beirut nach Hamburg kommen, weil mein Mann Operation wichtig braucht, er krank, sehr krank. Alles Geld für Reise und Operation in Koffer und nun weg....Ganze Familie gesammelt hat." Harry fasst den Mann am Arm. „Machen Sie sich keine Sorgen, wir finden eine Lösung. Ich werde Ihnen helfen, ich kenne mich hier gut aus. Ich kann ihnen helfen, das Geld wieder aufzutreiben!"

Und einen fetten Finderlohn oder vielleicht auch alles einzustreichen! Die Frau sieht ihn ungläubig an. Aus der Jackentasche holt Harry sich jetzt ein Päckchen Zigaretten und zündet sich eine an. Das traurige Paar verneint mit einem Kopfschütteln die angebotene Zigarette. Zwei Männer in HVV-Uniform kommen auf sie zu.

„Hey, Stefan, was'n das für'n Penner? Den ziehen wir hier gleich raus!" sagt der kleinere von beiden zu seinem Kollegen. „Mach mal halblang, Horst, das ist doch nur Harry. Harry, Du weißt, dass hier Rauchverbot herrscht!"

Stefan legt seine Hand auf Harrys Schulter und deutet in Richtung Treppe. „Komm, sonst kriegste wieder richtig Ärger." Harry tritt die Zigarette auf dem Fußboden aus und steht auf. „Statt euch um so einen Mist zu kümmern, solltet ihr lieber dafür sorgen, dass hier niemand beklaut wird. Aber dafür habt ihr zuviel Schiss in der Hose!"

Als Harry sich umdreht, sieht er Walter, der mit einem großen Reisekoffer in der Hand die Treppe herunterkommt. Auch das libanesische Paar auf der Holzbank hat ihn gesehen und die Frau ruft aufgeregt: „Das da, das ist

Koffer von uns!" Beinahe gleichzeitig laufen Harry und die Frau zu Walter, der sich an den Koffer klammert. Harry schreit ihn an: „Wo hast du denn den Koffer her, du Arschloch! Der gehört doch dieser Frau und ihrem Mann." „Was nennst du mich denn schon wieder Arschloch du Schwein! Lass mich doch erstmal erzählen. Gerade als ich oben die Tür aufgemacht habe, kam mir so´n Junge entgegengestürzt, mit diesem Koffer. Irgendwie sah der merkwürdig aus, es roch so nach Klauen. Dann hab ich mich dem direkt in den Weg gestellt und er ist gegen mich gerannt. Der Koffer ist ihm aus der Hand gefallen. Er schreit kurz „Scheiße!", läuft aber weiter. Und jetzt wollte ich gucken, ob ich den finde, dem der Koffer eigentlich gehört."

„Da haste aber Glück gehabt, Walter, dass du die hier noch getroffen hast, sonst wärste mit Diebesgut unterwegs gewesen."

Die Frau nimmt den Koffer. Während sie etwas ruft, geht sie zu ihrem Mann zurück, gefolgt von Harry und Walter. Der Mann öffnet den Koffer nur einen Spalt breit und greift hinein.

Als seine Hand wieder zum Vorschein kommt, hält er einige große Scheine fest, die er Walter gibt.

Harry drängelt sich dazwischen, aber noch bevor er einen der Scheine zu fassen bekommt, hat Walter sich das Bündel in die Hosentasche gestopft. Er dreht sich zu Harry: „Pech gehabt, Alter, das ist meins!" Hinter ihnen steigt das Paar samt Koffer in den Zug ein, der gerade gehalten hat. Harry setzt sich auf die Bank und hämmert stumm mit der Faust auf das Holz ein. Hinter einer Säule taucht plötzlich der Gitarrenspieler mit den langen Haaren auf und fängt an, *Über sieben Brücken musst du gehen, sieben dunkle Jahre überstehen* zu singen.

Monika C. Allers
Das Plakat

Ihre Augen fixieren das Telefon. Seit Stunden, seit Tagen, seit Wochen. Sie wartet. Wartet auf das Klingeln, das seit Stunden, seit Tagen, seit Wochen ausbleibt. Ein bestimmtes Klingeln. Ein Klingeln, das sie von anderem Klingeln unterscheiden kann. Obwohl das Telefon nur einen einzigen Klingelton zuläßt. Sie weiß, wenn dieses eine bestimmte Klingeln zu hören ist, wer am anderen Ende des Apparates ist. Und auf genau dieses Klingeln wartet sie.

Sie streichelt über den schwarzen Korpus, berührt die silberfarbenen Tasten, tippt auf das gläserne Display. Nichts geschieht. Sie hebt das Telefon aus seiner Station, hebt es an ihr Ohr, lauscht auf das Freizeichen, stellt es wieder zurück. Immer noch nichts.

Ein Rattern dringt von außen durch die Fenster in den Raum, wird lauter, ganz laut, wieder leiser, ist nicht mehr zu hören. Sie beobachtet die U-Bahn, wie sie an ihrem Fenster vorbeifährt, Waggon um Waggon, bis auch der letzte aus ihrem Blickfeld verschwunden ist. Sie starrt auf die grauschwarzen Stahlträger, die die Gleise tragen. Und wartet. Wartet auf das ganz bestimmte Klingeln. Wie seit Stunden, Tagen und Wochen. Sie ahnt, es wird nicht ertönen. Ahnt es, seitdem sie wartet. Aber sie kann nicht anderes. Endlich. Sie zuckt zusammen. Das Herz setzt für ein paar Sekunden aus. Aber es ist nicht das ganz bestimmte Klingeln. Oder doch? Sie zögert, es klingelt weiter. Sie nimmt schließlich ab. Mit Händen, die flattern wie Kolibriflügel.

„Hallo Barbara, wie geht's? Du, der Chef ist sauer, dass Du immer noch nicht wieder gesundgeschrieben bist. Und außerdem läuft Deine Krankmeldung heute ab! Du mußt unbedingt die nächste nachreichen, sonst gibt es großen Ärger."

Nein, sie hatte sich nicht getäuscht. Es war nicht das ganz bestimmte Klingeln. Das Händeflattern läßt nach.

„Hallo Barbara! Bist Du noch da?"

„Ja, ja. Ich gehe heute zum Arzt und schicke Dir die Krankmeldung zu."

Sie stellt das Telefon in die Station zurück. Wirft sich in den Sessel neben dem Telefon und wartet weiter. Auf dieses ganz bestimmte Klingeln, von dem sie ahnt, dass es nicht ertönen wird. Wieder dringt das Rattern durch das Fenster in den Raum, verändert seine Lautstärke von ganz leise auf sehr laut und wieder ganz leise. Sie tritt auf den Balkon, lehnt sich über die Brüstung und schaut der U-Bahn hinterher, wie sie in die nächste Station einläuft, hält. Sie blickt hinunter auf den Rasen des Vorgartens, der zur Erdgeschosswohnung gehört. Es sind ungefähr sechs Meter. Sie entscheidet, es sind zu wenige. Sie schaut wieder hoch. Die U-Bahn fährt wieder an.

Sie geht zurück in den Raum mit dem Telefon, das nicht das ganz bestimmte Klingeln hören läßt. Schließt die Balkontür. Sie nimmt den Rahmen mit seinem Foto von dem Tischchen mit dem Telefon, zieht ihren Sommermantel an, steckt das Foto in die Manteltasche, greift den Wohnungsschlüssel, schaut sich noch einmal um, schließt die Wohnungstür sorgfältig ab, steigt die Treppe hinunter zur Straße und geht langsam in Richtung U-Bahn-Station.

„Hallo Barbara, schönes Wetter....." Sie geht weiter vorbei an den schmalen Vorgärten, den hohen Häusern, den Stahlträgern, die die Gleise tragen, die Hand fest um den Rahmen mit dem Foto geklammert. Das Rattern der U-Bahn klingt von hier unten anders als von ihrer Wohnung aus. Sie bleibt stehen, schaut hoch, sieht die Fensterreihen und die Dächer der Waggons. Geht weiter.

Die Ampel steht auf rot. Sie wartet, endlich schaltet die Ampel um. Sie überquert die Straße, steigt die Treppe zum Bahnsteig hoch. Die nächste U-Bahn Richtung Barmbeck kommt in 3 Minuten, verkündet der Anzeiger. Sie wartet. Ihr Blick fällt auf die Werbetafel. Ein Reiseanbieter lockt mit günstigen Preisen für einen Urlaub an der Costa del Sol.

Ihr Blick geht ins Leere. Sie war 15 als sie mit ihren Eltern Ferien in der Nähe von Marbella machte. Es war der letzte gemeinsame Urlaub mit den Eltern, und das erste Mal, dass sie sich verliebt hat. Es war ein Junge aus Málaga, der während der Ferien in ihrem Hotel als Küchenhilfe Geld verdiente, um sich ein Motorrad kaufen zu können. Sein Name war José und er hatte wunderschöne Hände. Hände mit langen schlanken Fingern.

Das Plakat zeigt eine große Ferienanlage, wie es dort unten viele gibt und die der ähnelt, in der sie damals viele zärtliche Stunden mit ihm verbracht hat.

Sie schreckt auf. Das Rattern der U-Bahn in Richtung Barmbeck kommt näher, wird lauter, immer lauter und lauter, der Lärm wird unerträglich, schüttelt ihren gesamten Körper. Sie preßt ihre Hände auf die Ohren. Sie kann kaum noch atmen. Die U-Bahn läuft ein, die Costa del Sol flackert zwischen den Fenstern auf. Die U-Bahn bremst ab, bleibt stehen, die Costa del Sol ist halb verdeckt. Die Türen gehen auf. Sie atmet tief durch. Die Saiten einer Gitarre streifen ihren Mantel. Ein zarter Ton erklingt.

Mit seinen langen schlanken Fingern hatte er ihr jeden Abend die neuesten Popsongs vorgespielt, wenn sie am Strand zusammensaßen, Körper an Körper und immer den besorgten Blick des Vaters spürend, der vom Balkon aus ein wachsames Auge auf seine Tochter hatte, die doch eigentlich wohl noch zu jung dafür war.

Die U-Bahn fährt an und gibt das Bild von der Ferienanlage wieder frei. Sie schaut auf den Anzeiger. Die nächste U-Bahn nach Barmbeck fährt in 4 Minuten. Sie schaut auf die Werbetafel.

Als der Urlaub vorbei war, war auch die Beziehung zu Ende. Sie hat damals ein bischen geweint, ihm geschworen, daß sie im nächsten Urlaub wieder nach Marbella kommt und war dann doch mit ihrer neuen Liebe nach Griechenland gefahren, gegen den Widerstand des Vaters.

Ein Lächeln flackert kurz in ihrem Gesicht auf. Sie dreht sich zum Ausgang um, wirft nochmal einen Blick auf das Plakat, geht die Treppe hinunter, wartet, dass die Ampel auf Grün springt, geht vorbei an schmalen Vorgärten, hohen Häusern, grauschwarzen Stahlträgern, die die Gleise tragen, hört gelassen das Rattern der U-Bahn, schließt die Haustür auf, geht die Treppe hoch, schließt die Wohnungstür auf, geht in die Küche, wirft den Rahmen mit seinem Foto in den Müll, hebt das Telefon aus der Station, tippt eine Nummer.

„Hallo, hier ist Barbara. Ich fühle mich ganz gut und werde morgen wieder ins Büro kommen."

Sie stellt das Telefon in die Station zurück, streichelt über den Korpus. Sie zögert, wehrt sich und kann es doch nicht verhindern. Sie geht in die Küche, holt das Foto aus dem Müll, wischt es sorgfältig, ja zärtlich mit ihrem Ärmel ab, stellt es auf den Küchentisch, schaut es an. Tränen befeuchten ihre Wangen, ihren Hals, ihre Bluse. Sein Gesicht ist verschwommen und sie wirft es schließlich wieder in den Mülleimer. Sie nimmt den Eimer, läuft die Treppe hinunter, schüttet den Inhalt in den Müllcontainer. Tränen tropfen auf den stinkenden Abfall, von dem sich die Bewohner befreit haben.

Gleis 2

Monika C. Allers, geboren, erzogen und gelebt in Bremerhaven, Architektur und Stadtplanung studiert und gelebt in der norddeutschen Millionenmetropole an der Elbe, studiert, gearbeitet und gelebt in der Seine-Metropole, gearbeitet und gelebt wieder an der Elbe. Erst vor kurzem angefangen, kleine lyrische und Prosatexte zu schreiben.

Tim Cortinovis, geboren 1972 bei Hamburg. Mit zwanzig Umzug nach Málaga/Spanien. Dort Moderation einer Fernsehnachrichtensendung. Rückkehr nach Hamburg und Studium der Hispanistik, Germanistik und Film in Hamburg, Málaga und Havanna. Lebt und arbeitet in Hamburg.

Christoph Ernst, geboren 1958, studierte in Hamburg und New York Geschichte, arbeitete u.a. als Barman, Deckshand, Schlachthofgehilfe, Kulturmanager und Journalist. Veröffentlichungen: "Als letztes starb die Hoffnung – Bericht von Überlebenden aus dem KZ Neuengamme", Rasch u. Röhring, 1989; "Bangkok ist selten kühl", Kriminalroman, Hainholz 1998.

Klaus von Hollen, geboren 1963, schreibt seit 1995 kurze Prosatexte und Geschichten. Beruflich ist ihm nichts Menschliches fremd, denn er fährt nachts Taxi in der wunderbaren Stadt Hamburg.

Anja M. Nuhn, geboren 1970 in Bad Hersfeld, aufgewachsen in Wuppertal, schwärmt aber schon immer für Norddeutschland. Studium der Politikwissenschaft und Philosophie in Kiel mit Interesse, aber ohne Abschluß, ausgebildete Rechtsanwalts- und Notarfachangestellte, hat die Tätigkeit in einer Hypothekenbank überlebt und schreibt seitdem Kurz- und längere Prosa, lebt in Hamburg.